오이 꼭다리 쓴맛, 호박잎 된장국

옥경숙 소설집

작가의 말

소설을 쓰는 일을 업으로 하고 살 줄은 단 한 번도 생각하지 못했다.

아주 오래전, 꽤 이름난 소설가가 말했다. 그녀에게 소설을 쓰는 일은 천형天刑과도 같다고. 당시 난 그 말이 의미하는 바를 감히 이해하지 못했다. 소설을 구상하고, 한 문장 한 문장 쌓아 하나의 이야기를 완성해 나가는 일이 내가 가장 잘하는 일이며, 나를 계속 살아가게 하는 일이라는 걸, 소설을 쓰지 않고는 살 수 없다는 걸 깨닫고서야 운명으로 받아들였다. 떠오르는 소설의 문장을 주체할 수 없어 읽던 책의 여백에 휘갈겨 쓰다가 결국 책을 덮고, 원고지 80장짜리 단편소설 한편을 완성하기 위해 단어와 문장을 수십, 수백 번 지우고 고치며 마음속으로 '미쳤지. 미쳤어.'라는 말을 수없이 되뇌며 쓴 글을 주저주저하며 세상에 내놓는다.

열세 살 무렵, 처음 글그림으로 뭔가를 표현해냈을 때의 그 희열이 지금까지 내게 읽거나 쓰게 하지 않았나 생각한다. 20대에 친구의 떠밀림에 의해 소설로 작은 상을 받았던 일은 그저 내 젊은 날의 작은 에피소드에 불과했다. 내가 좋아하는 책의 저자들이 너무나 대단했기에 나 정도의 재주로 글을 써서 생계를 유지하거나 위대해질 수 없다는 걸 일찌감치 깨달았기 때문이다. 그런 이유로 스스로 정년퇴직을 선언하기 전까지 단 한 번도 일간지 신춘문예나 문학 공모전에 소설을 출품한 적이 없었다.

2018년 신인상 수상작부터 매년 『울산문학』에 발표한 단편소설을 한 권으로 묶어낸다. '경남예술문화재단'의 지원을 받아 출판을 의뢰하고, 해남 〈땅끝순례문학관〉, 〈백련재 문학의 집〉에서 입주작가로 지내는 동안 소설을 수정 보완했다. 신인상 수상부터 작품집을 내기까지의 일들이 내 의지보다 내 운명을 쥐고 있는 어떤 힘에 의해 진행되어온 것만 같다.

마당 끝 텃밭에 쪼그려 앉아 잠깐 상념에 잠기려는 순

간, 휘파람새가 거친 날갯짓 소리를 내며 울타리 나뭇가지에 내려앉았다. 사람 가까이에는 얼씬거리지도 않던 녀석이 뭔 일인가 싶어 나뭇가지 사이를 오가며 안절부절못하는 녀석을 가만히 보니, 새가 내려앉은 나무에 어린 새 두 마리가 어설픈 날갯짓으로 잔가지 사이를 옮겨 다니는 게 보였다. 어라, 새끼 새였다. 어미 새는 어린 자식들을 보호하느라 위험을 무릅쓰고 내게 위협적인 날갯짓을 감행했다는 걸 알아챘다. 세상 물정 모르는 어린 새는 겁없이 먹이를 찾아 두리번거렸으나 곧 어미 새의 신호에 따라 숲으로 사라졌다. 이번에 출판하게 된 소설집의 작품들 역시 안절부절못하는 어미 새의 심정으로 어린 새를 세상 밖으로 내보내는 것과 다르지 않다는 생각이 든다.

살아오는 동안 나룻배가, 때로는 징검다리가 되어준 사람들에게 먼저 감사의 인사를 드린다. 책을 처음으로 출판하는 서툰 나를 위해 애써주신 도서 출판 전망 서정원 대표님, 소설을 꼼꼼히 읽고 해설을 써주신 이원화 소설가에게도 감사드린다. 그저 내가 하고자 하는 뜻대로 기다려 준 가족들, 책날개 작가 프로필을 그려준 사랑하는 남편과 두 아들 상원이, 승원이에게도 고마움을 전한다. 그동안 나를 지켜보며 나의 일에 격하게 격려해주고 응원해주는 든든한 벗들과 이 뜻밖의 사건을 함께 하고 싶다.

2023년 여름
백련재 문학의 집에서
옥경숙

차례

작가의 말　003

기억의 방식　009
빨간 눈표　041
서술어 사전, 펠롱　073
오이 꼭다리 쓴맛, 호박잎 된장국　101
포수와 식탁　135
곱은달 이행기　165

작품 해설_이원화
상처의 치유와 밥의 미학　195

기억의 방식

암매장 당한 기억, 그 기억마저 지워버린 시간들, 기억의 역습이다. 마치 오래전에 살인을 저질러놓고 까마득히 잊고 있다가 스스로 그 단서를 발견했다면 그런 느낌이 아닐까. 떠올린 순간부터 아주 생생하게 느껴져 오는 그 감각, 섬뜩해서 눈을 질끈 감기도 하고 머리를 마구 흔들기도 했다. 그 기억은 꿈으로 먼저 찾아왔다. 꿈 속 작은 방에는 한 번도 본 적 없는 낯선 놈과 내가 같이 있었다. 놈은 겉옷을 벗은 채 흰 러닝셔츠 차림이다. 마구 헝클어진 머리카락에 벌겋게 충혈 된 눈을 부라리며 놈이 내게로 다가왔다. 방 벽을 등지고 앉아 벌벌 떠는 내게 놈이 손을 뻗쳤다. 놈은 왼손으로 내 머리채를 잡고 오른손에 쥔 흰 가루를 내 입속으로 쑤셔 넣었다. 코와 목구멍으로 흰 가루가 들어오자 크게 분 풍선껌이 터져 코와 입을 틀어막은 듯 숨을 쉴 수가 없었다. 침으로 흰 가루를 적셔 새알처럼 만들어 꿀꺽 삼켰다. 목울대가 얼얼했다. 사흘째 찾아온 악몽이다. 첫날도 둘째 날도 그랬다. 답답한 일은 꿈에서 깨어나면 흰 새알 넘긴 이후의 기억이 없다는 것이다. 다만 목울대의 얼얼한 통증만 남아 있었다.

소설수업이 단초였다. 소설수업만 아니었다면 난 결코 창고 문을 열지 않았을 것이다. 죽음에 임박했을 때서야 열었을 문이었다. 나는 삶이 위태롭게 여겨질 때면 가장 먼저 안방 베란다 창고 안에 있는 종이 상자가 불안했다. 더 늦기 전에 불살라버리든지 해야지 하면서도 방치해둔 내 시간의 유물들이 그 상자 안에서 때를 기다리고 있었다. 이사 때마다 줄이고 줄인 내 과거의 시간을 담고 있는 유폐된 우물 같은 상자다. 소설수업을 듣게 되면서, 문득문득 그 상자가 떠올랐고, 더 이상 미룰 수 없다는 걸 깨달았을 때 창고 문을 열었다. 먼지 뒤집어쓴 상자를 열자 검은 곰팡이에게 모서리를 먹힌 일기와 노트가 먼지를 일으키며 후드득 깨어났다. 허연 먼지가 악몽 속의 흰 가루처럼 목구멍을 밀고 들어왔다. 재채기를 해대며 맨 위 일기를 꺼내 조심스럽게 펼쳐 글자만 대충 눈으로 훑었다. 그렇게 크기와 모양이 제각각인 열 권 정도의 일기를 들추다 맨 아래에서 두툼한 노트 한 권을 발견했다. 이십 대 때 쓰던 소설 습작노트였다. 눈으로 훑어나갔다. 주인공인 '나'의 집안 내력이 쓰여 있는 부분을 읽다가 덮었다. 나중에 시간 날 때 꼼꼼히 읽어보자 싶었다. 그러고는 깜빡 잊고 지냈다. 깜빡 잊은 줄 알았다. 보름 정도 지났을 때, 난 나와 아무런 관련이 없는 그 소설 속의 가족 내력에 의문이 들었다. 아무리 생각해도 내 주변 사람들의 이야기도, 누군가에게 들은 이야기도 아니었다. 그즈음 소설수업이 있는 토요일이었다. 같이 수업을 듣는 최선배가 내 차에 탔다가 뒷좌석에서 그 노트를 보고 물었다.

"웬 노트야? 꽤 낡아 보이는데?"

"아, 이십 대 때 쓰던 습작노트인데, 이번에 정리하다가 발견했어요."

최선배는 나보다 나이가 많아 '언니'라고 부르면서 친하게 지내는 사이였다. 그 전에 쓴 내 소설을 읽은 후부터 나를 '문작가'라고 부르며 글쓰기에 힘을 실어주는 사람이기도 했다.

"한번 봐도 실례가 안 될까?

"손으로 쓴 글이라 읽기가 좀 그럴 거예요."

카페에서 내가 일없이 창밖을 보며 커피를 마시는 동안 최선배는 내 노트를 눈으로 찬찬히 읽어나갔다. 그녀의 그런 면이 상대를 긴장시킨다. 빈틈이 보이지 않는 단정한 모습들이 그렇다. 노트에 쓴 소설은 세 편이다. 세 편 다 채 완성되지 않은 상태다. 낯선 가족의 내력이 들어 있는 글이 맨 앞에, 노트 가운데에는 짧은 소설이, 그리고 뒤쪽에서부터 시작되어오는 글이 한편 더 있다. 그녀는 그 세 편을 모두 단편 소설집을 읽듯 커피를 홀짝거리며 여유 있게 읽어나갔다. 다 읽은 노트를 천천히 덮어 내 앞으로 밀어준 손으로 최선배는 자신의 커피 잔을 잡았다.

"그런데, 앞의 이야기는 좀 특이하네. 문작가 얘기는 아니지?"

그녀의 말을 들으면서도 대수롭지 않게 생각했다.

"저도 그게 이상해요. 내가 쓴 것 같은데, 어떻게 내가 그런 이야기를 썼는지 도통 기억이 안 나요."

최선배와 헤어지고 나서 집으로 차를 몰았다. 수업 받

는 문학관은 집에서 한 시간 정도 거리에 있다. 평소 운전을 즐기지 않지만, 국도로 한 시간 정도의 운전은 할만했다. 2주에 한 번, 은밀한 일탈의 시간이었다. 특히 좋아하는 음악을 크게 들으며 운전하는 게 좋았다. 음악이 신날 때면 운전대를 드럼의 북처럼 두드리다가 어떤 노래는 목청껏 따라 부르기도 했다. 그런 시간이 때로는 느닷없는 위안이 되기도 했다. 고속도로와 왕복 4차선의 국도가 있지만, 대체로 산 아래 논밭 사이의 좁은 길로 일부러 다녔다. 산 그림자가 깔리는 길로 들어서면서 최선배의 "앞의 이야기는 좀 특이하네. 문작가 얘기는 아니지?"라던 물음이 떠올랐다. 농로에 차를 멈추고 첫 번째 소설을 펼쳤다. 「무당벌레」였다.

"늑장 부리던 장마가 온다는 무더운 여름날의 늦은 밤이다. 부모님은 2년 전 별거를 시작했다. 부모님은 내가 교사발령을 받을 때, 부모의 이혼이 걸림돌이 될까봐 서류상은 아직 부부다. 엄마는 이미 집을 떠나버렸다. 엄마가 사라진 뒤로 저녁이면 늘 술에 취해 들어오는 아버지는 오늘도 술에 취해 벗어둔 일복 마냥 마루에 누워 잠이 들었다."

여기까지 읽었을 때는 '어, 누구 이야기지?' 했다. 처음

노트를 펼쳤을 때도 그랬지만 대수롭지 않게 여겼다.

"엄마가 집을 나간 뒤부터 아버지는 점점 야위어 갔다. 제대로 챙겨먹지 못해 그런 줄 알고 큰 가마솥에다 곰국을 한가득 끓여서 데워먹을 수 있게 해드렸다. 그러다 꼭 엄마 때문만은 아니란 걸 알았다. 보다 못해 하루는 아버지 손에 돈을 쥐어드리면서 하룻밤 놀다 오시라고 했다. 다음 날 좀 이른 아침에 대문으로 들어서는 아버지의 얼굴은 아주 오랜만에 편안해보였다. 아버지가 들어가는 방문 위로 거미 한 마리가 꽁무니의 실에 매달려 달랑거렸다."

글 속의 아버지와 딸의 너무도 낯선 이야기가 도대체 왜 내 소설 습작노트에 내 글씨로 쓰여 있는지 도무지 영문을 알 수 없었다. 내가 쓴 글이 맞나 싶어 왼손으로 노트를 한꺼번에 움켜쥐고 뒤쪽부터 '촤르륵' 훑으며 확인했다. 종잇장이 넘어가면서 일으키는 바람에 눈이 시큰거렸다. 빠르게 넘기다가 글씨가 보이면 멈춰 읽고 다시 넘기다가 글이 나오면 읽어보았다. 맨 뒤 소설은 13쪽, 가운데는 5쪽, 처음 글은 12쪽까지다. 그것만이 아니라 군데군데 메모 같은 것들도 있었다. 그중에 '사랑에 대한 소고小考'라고 제목까지 붙여진 메모는 읽는 순간 나도 모르게 한숨이 나왔다.

 "평균율, 무게 중심이라는 것. 아무리 자체의 힘이 약한 물체라도 그 물체의 무게중심만 확실하게 잘 유지해준다면 수십 배의 물건을 올려놓아도 지탱해낼 수 있다. 그러나 어느 한순간 그만 그 무게중심이 조금이라도 흐트러진다면 그 위에 쌓여진 물건들의 무너짐은 물론이고 그 물건들을 지탱하고 있던 물체마저도 부서져버린다. 긴장의 해체, 바로 그것이 아니겠는가. 한 사람의 일상 또는 삶도 바로 그 긴장인 것이리라. 그러기에 누구나 그 긴장을 유지하려고 알게 모르게 노력하는 것이며, 무게중심에 조금이라도 흔들림이 생기면 두려움부터 앞선다. 세상 사람들은 그 흔들림에 영향을 끼칠지도 모를 일은 지레 겁먹어 경계하고…."

 메모는 그렇게 끝났다. 내 생각이었는지, 어디서 읽거나 들은 얘기인지는 알 수 없다. 다만 그 시절의 내가 얼마나 맹렬한 문학도였나를 생각하게 했다. 도스토옙스키를 탐독하고, 헤르만 헤세를 숭배했던 날들을 생각해냈다. 전혜린만 한 천재가 아니어서 절망했던 때도 있었음을 떠올렸다.
 노트 맨 뒤편의 글은 길지 않은 생을 살다 간 언니에 대한 이야기였다. 가운데 글도 알만한 이야기였다. 그런데 처음 글은 도무지 알 수가 없었다. 마치 사십 대의 어느 날, 노안인 줄도 모르고 연고에 적힌 작은 글자를 아무리 해도 결코 읽을 수 없었던 그 막막함처럼, 아무리 소리쳐도 목소리가 나오지 않던 악몽처럼, 기억이 나지 않아 답답했다.

어둠이 수위를 맞추듯 차 안팎이 어둑해지자 노트의 글자가 흐릿해졌다. 노트를 다시 뒷좌석에 던져두고 오디오를 켰다. 영화 〈세상의 모든 아침〉의 삽입곡들로 요즘 즐겨 듣는 비올라 다 감바 연주곡이다. 첫 곡은 경쾌한 행진곡풍의 리듬에 고악기의 중후한 울림이 서로 어긋나듯 잘 어울렸다. 무반주 독주곡인 두 번째 곡을 들으며 농로를 천천히 빠져나왔다. 첼로의 전신이라 할 수 있는 비올라 다 감바는 '무릎 사이에 놓고 연주하는 비올라'라는 뜻의 악기다. 영화 속의 주인공 남자는 악기를 무릎 사이에 놓고 죽은 아내를 끌어안듯 연주했다. 비올라 다 감바는 한 때 사람들에게서 잊혀 졌다가 이 영화 덕분에 다시 세상에 알려졌다.

집에 도착했을 때 남편과 두 아들은 이미 라면으로 저녁을 때운 뒤였다. 혼자 먹는 저녁식사는 김치 반찬 하나와 막걸리 반주면 충분했다. 허겁지겁 몇 숟갈로 허기를 해결한 뒤 느긋하게 휴대폰으로 인터넷 신문기사를 찾아 읽으며 막걸리 한 통을 다 비웠다. 그리고 일주일이 지났다. 혼자 먹은 저녁 설거지 끝에 개수대 음식물 찌꺼기를 비닐에 떨어 부었다. 아, 신정희. 풍선 하나를 막 불고 났을 때처럼 머리가 어질 거리고 눈앞이 아득해졌다.

딱 30년 전의 일이다. 대학 졸업 후 취업준비를 하고 있을 때였다. 여고 때 같은 반이었던 정희가 오랜만에 전화를 걸어왔다. 대학 때 가끔 연락을 주고받았으나 특별히 친한 친구로 여기지 않았다. 정희는 교대를 졸업하고 학교발령이 날 때까지 일하고 있는 자기 직장으로 한 번 와보라고 했다. 정희가 일하는 사무실은 항구가 보이는 건물의 15층이었다. 통유리창 밖으로 정박해 있는 배들과 바다가 보였다. 사람들이 북적거리는 곳은 뜻밖에도 연안부두 여객터미널이었다. 젊은 여행객 한 무리가 자신의 머리보다 더 높은 키의 큰 배낭을 메고 여객터미널을 나서고 있었다. 지리산 종주 산행을 할 때 내 배낭도 그랬다. 산으로 가는 길에 잠깐씩 머물렀던 버스터미널

근처를 일행과 함께 기웃거릴 때의 그 자유로움이 그들에게서 보였다. 사무실에는 다들 퇴근하고 정희 혼자였다. 정희는 신문 속지로 들어가는 전단지 '상담문의' 칸에 자신의 이름과 연락처가 새겨진 스탬프 작업을 하던 중이었다. 일본어 회화 테이프와 영어 회화 테이프 광고 전단지였다. 우리는 종이컵에 커피를 타서 한잔 마셨다. 나눌 얘기가 마땅치 않아 나는 그녀가 하던 일에 대해 물었다. 정희는 스탬프를 찍은 전단지는 일주일에 서너 차례 신문에 속지로 들어간다고 했다.

커피를 다 마신 그녀가 갑자기 분주하게 움직였다. 4절지 크기의 여러 겹 접힌 전단지 뭉치를 책상 위에 올려놓고 낱장으로 분리 작업을 하는 재빠른 손놀림이 마술 같아 보였다. 빈 종이컵을 만지작거리며 앉아있는 내게 스탬프 작업을 해보겠느냐고 물었다. 정희는 물먹은 스펀지에 왼손 엄지와 검지를 살짝 적신 다음 전단지를 넘기고, 오른손으로 스탬프를 찍는 시범을 보여주며 할 수 있겠지, 하는 표정으로 쳐다보았다. 정희는 사각거리며 전단지를 분리하고 나는 '슥' 종이를 들춰서 '딱'하고 스탬프를 찍었다. 잠시 동안 '스스스', '스윽 딱'하는 소리가 조용한 사무실을 울렸다. 정희의 웃음소리에 고개를 들었다. 그녀가 쳐다보는 줄도 모를 만큼 나는 그 일에 열중해 있었던 모양이다. 우리는 마주 보며 한바탕 큰소리로 웃었다.

"잘하네. 이 일 한번 해보는 거 어때? 평생 직업으로는 그렇지만 다른 아르바이트보다는 수입이 꽤 괜찮아."

정희는 사람들이 일하는 방식을 알려주며, 보통 직장인들이 백여만 원의 급여를 받는데, 이곳에서는 300만 원에서 500만 원 정도의 수입을 올린다고 말했다. 나는 다음 날 그녀의 상관인 대리와 면담한 후 일을 하기로 결정했다. 스탬프 작업을 하며 바라본 창밖 풍경에 끌려 결정한 일이기도 했다. 배낭을 메고 어딘가로 떠나거나 돌아오는 사람들의 풍경을 매일 볼 수 있는 곳으로 출근하는 일이라면 한번 해보자 싶었다.

열 명 정도의 여직원들이 함께 근무하는 사무실은 '광고 빨' 잘 받는 지역에 다음 날 조간신문 속지를 먼저 넣는 일로 매일 아침 싸움판이 벌어졌다. 그럴 법도 한 게 속지가 들어간 날 아침이면 출근하자마자부터 문의전화가 걸려 왔다. 조간신문의 접힌 부분에 들어 있는 전단지는 광고용 전단지라기보다 신문의 특별판처럼 보이게 했다. 신문과 같은 질감과 편집으로 회화테이프의 우수성이 신문기사처럼 쓰여 있고, 그 효과를 본 사람들의 사진과 인터뷰 기사가 실려 있었다.

신입교육 때 "남자 고객을 만나러 갈 때는 되도록 혼자 가지 마세요. 가더라도 공개된 장소에서 만나고, 혹시 집으로 방문하게 될 경우에는 남자가 주는 음료를 함부로 받아 마시면 안 됩니다."라고 관리팀장은 그 어떤 업무보다 중요한 일이라는 듯 강조했다. 그가 왜 그렇게 강조했는지는 나중에 일하면서 알게 되었다. 꼭 집이 아니라도, 남자 혼자 근무하는 작은 사무실에 혼자 상담 갔다가 당하는 성희롱 정도는 영업직 여직원들이 감수해야 하는 일 정도로 가볍게 여겼다. 성폭행 직전까지 간 직원도 더러 있었지만 무사한 걸로 그냥 넘어갔다. 그 모든 일들은 본인이 감수해야 했다. 당시 나는 아침에 출근하면 창가에 서서 배와 바다와 여행객을 내다보며 커피를 마시는 것으로 위안 삼으며 하루하루를 보냈던 것 같다.

첫 직장이지만 오래 다니지는 못했다. 일을 시작한 지 8개월 만에 사내 잡지팀 노조의 파업으로 회사는 폐업신

고를 하더니 결국 문을 닫았다. 짧았던 근무지였지만 가끔 그곳에서 겪었던 특이한 경험을 사람들에게 들려줄 때가 있었다. 비 맞은 상품포장 덕분에 강매하다시피 실적을 올렸던 일, 새벽에 조간신문 보급소에 가기 위해 밤새웠던 일 등. 그중에 '병아리 감별사'라던 남자의 사기 건은 지금까지도 기억이 선명하다. 그 남자는 일본 해외취업을 위해 회화 테이프가 필요하다고 했었다. 내가 그 얘기를 하면 사람들은 하나같이 "'병아리 감별사'라는 직업도 있어?"라고 되물었다. 그러면 나는 짐짓 진지하게 "태초에 닭도 알도 아닌 병아리가 있었지. 병아리는 감별사의 손에 의해 암수로 나뉘었고."라고 한마디하곤 했다. 병아리계의 조물주였던 남자가 테이프를 받은 뒤 돈을 주지 않고 잠적한, 사기꾼일 뿐이었던 그 일이 이유를 알 수 없지만 살아오는 내내 가끔씩 생각나는 사건이었다. 사람들에게 그런 일들을 들려주면서도 30년 동안 단 한 번도 정희를 떠올린 적은 없었다. 그 기억 속에 정희와의 일은 도려내듯 잘려 나갔던 것이다. 빠른 심장박동소리가 귀안에서 울렸다. 어떻게 그렇게 그 부분만 깡그리 잊을 수가 있단 말인가.

정희가 떠오르는 순간마다 대문을 닫듯 기억의 빗장을 걸어 잠갔다. 그러나 헐거워진 빗장은 꾸역꾸역 역류해 올라오는 기억의 파편들을 통제하지 못했다. 그녀가 사는 동네의 어느 골목길에서 둘이 온갖 욕설을 퍼부어대면서 싸우는 장면은 깨어있는 악몽이었다. 더 이상 통제가 되지 않을 즈음 나는 두 손을 마주 잡고 기도했다. 제발 잘 살아주었기를, 가족들 모두 평안하게 살고 있기를, 아니면 내 기억이 지나치게 과장되었기를 간절히 바랐다. 그렇지만 소설속의 불행한 그녀 집안 내력과 그녀의 어린 아이 같은 웃음이 불쑥불쑥 떠올랐고, 탱탱하게 당겨졌던 그녀의 삶이 마치 나로 인해 베인 듯 울부짖던 울음이 귀에 쟁쟁했다. 게다가 예고도 없이 습작 노트의 소설 속 그녀의 위태로웠던 삶들이 내 현실의 삶 속으로 순식간에 불려 나오기 일쑤였다.

"메마른 시멘트 마당에 꽂히는 '후드득'하는 굵은 빗소리에 놀라 낮잠에서 깨어났다. 아버지의 점심을 챙겨드리고 깜빡 잠이 들었던 모양이다. 시계를 쳐다본 후 우산을 챙겨서 대문을 나섰다. 고3인 막내가 돌아올 시간이다. 음습한 집안 분위기에도 불구하고 두 남동생이 잘 자라주고 있어 늘 고마웠다."

정희의 울부짖음은 틈만 나면 내 일상에 잽을 날렸다. 바람 나서 가출한 엄마, 고등학교도 졸업하지 않은 채 동창생 남자랑 동거 중인 언니, 도시 외곽의 낡은 주택에 살면서 매일 같이 먼 들판으로 가서 농사일을 하고 저녁이면 농기구 같은 모습으로 돌아오는 웃음기 없는 얼굴의 아버지… 그 불행한 삶의 끈에 묶여 일정한 거리 이상 나아가지 못하던 정희에게 자신을 활짝 열어 주었던 유일한 친구가 나였음을 나는 알고 있었다. 그녀와 같은 직장을 다니게 되면서 우리는 급격하게 친해졌던 것 같다. 일을 쉬는 주말이면 내가 살고 있는 부산이 아닌, 버스로 1시간 거리의 정희가 살고 있는 김해로 가서 어울려 다녔다. 나는 자취를 하고 있어 자유로웠지만, 그녀는 돌봐야 할 가족이 있어 외출이 쉽지 않았다. 정희의 집안 이야기도 그러는 동안 하나하나 알게 된 것들이다.

  어느 뜨거운 여름날 그녀의 집을 찾았던 날이 기억난다. 골목 입구에서부터 소뼈 고는 냄새가 진동했다. 그녀의 집 대문을 들어서자 부엌에서 열기를 품은 허연 김이 이무기처럼 기어 나와 지붕 위로 사라졌다. 대문 여닫는 소리를 들은 그녀가 다른 세상에서 나오듯 안개 속에서 빠져나와 걸어왔다. 정희의 웃는 빨간 얼굴이 물기에 젖어 번들거렸다.

정희는 중학교 동창생인 운석과 친하게 지내고 있었다. 내가 그녀 집으로 찾아가면 가끔 우리는 운석이랑 셋이 어울렸다. 술을 한잔할 때도 있었고, 읍내 골목을 쏘다니기도 했다. 그녀의 마음을 연 여자 친구가 나라면, 운석은 그녀에게 있어 연인과도 같았다. 하지만 정희는 결코 그에게 그런 감정을 드러내지 않았다. 오히려 철저하게 숨겼다. 나 역시 어렴풋이 짐작만 할 뿐 물어보지 않았다. 분명히 운석과 나와 정희 사이에 무슨 일이 있었고, 그래서 그녀와 내가 늦은 밤 골목길에서 울부짖으며 싸웠던 것 같은데 도무지 기억해낼 수가 없었다.

처음에는 정희와의 일이 떠오르는 자체가 고통스러웠으나 갈수록 기억나지 않는 그 사실 때문에 괴로웠다. 수소문해서 그녀를 찾아볼까도 싶었다. 아이 러브 스쿨에서 친구 찾기가 유행일 때였다. 하지만 인터넷 사이트에 정희의 이름을 쳐볼 수가 없었다. 우리의 다툼이 왜 일어났는지를 모르는 상태에서 그녀의 근황을 아는 일이 더 두려웠다. 어쩌면 나란 존재가 그녀에게도 끔찍한 기억일지도 모른다는 생각이 들었다. 차라리 서로 없었던 일처럼 살아가는 게 나을 수도 있다. 문제는 통제 불능에 빠진 기억이었다.

  시간이 지날수록 정희의 얼굴이 더 선명해졌다. 설거지를 하다가도 그녀가 뿌연 김을 헤치고 나오던 모습이 떠올랐고, 외출 준비하느라 거울 앞에 섰을 때도 불쑥 그녀의 왼쪽인가 오른쪽 입 꼬리가 살짝 올라가면서 웃는 얼굴이 보일 정도로 또렷하게 그려졌다. 반면에 그 사건에 대해서는 한걸음도 더 나아가지를 못했다. 그저 셋이서 어울렸고, 운석과의 문제로 정희와 다퉜다는 것뿐이었다. 집안일이고, 책이고 손에 잡히지 않았다. 하루는 늘 왼손 약지에 있던 결혼반지가 없다는 걸 발견했다. 어디 뒀는지는 물론이고 언제부터 없어졌는지조차도 생각나지 않았다. 마치 시간을 바꿔치기라도 한 듯 현실과 과거가 뒤섞여버렸다.

  처음 정희를 떠올린 그날 시작된 악몽마저 다시 시작되었다. 매번 조금씩 다르지만 흰 가루를 삼키는 데서 끝났던 악몽이 이번에는 달랐다. 흰 가루 대신 놈의 입 두덩이가 내 얼굴을 덮쳐왔다. 나는 기어들어 가는 목소리로 겨우 소리쳤다. "이건 아니잖아요! 이러면 안 되잖아요." 놈이 희멀건 눈을 게슴츠레 뜨며 소리를 질러댔다. "가! 가라구! 빨리 꺼져 버리라구!" 난 놈의 마음이 바뀌기 전에 바닥에 깔려 밟히는 옷을 단숨에 입으려고 애썼다. 그런데 아무리 머리를 들이밀어도 원피스 몸통 입구를 찾을 수가 없었다. 놈이 흰 가루를 거품처럼 게워내며 내 쪽으로 널브러졌다. 흰자위를 드러낸 놈의 눈과 헐떡거림, 그리고 거친 숨소리가 점점 가까워졌다. '아, 서둘러야 해!' 하다가 옷을 입지 못한 채로 새벽 꿈에서 깨어나곤 했다.

다시 일주일이 지났다. 일주일 치 반찬거리를 사러 농수산물유통센터로 차를 몰았다. 센터 가는 변두리 길에는 늦가을 나뭇잎들이 도로 가장자리에 긴 띠를 만들었다. 신호대기 중인 교차로 가운데로 흙먼지와 나뭇잎의 회오리바람이 마치 내 머릿속에서 나온 듯이 동그라미를 그리며 날아올랐다. 나는 얼른 휴대폰을 꺼내 내비게이션을 켰다. 정희가 살던 도시의 왕릉 이름을 찍으니 공원 주차장이 나왔다. 교차로에서 고속도로 톨게이트까지는 금방이다. 온몸에 열이 나면서 다리에 힘이 빠져 액셀러

레이터가 잘 밟아지지 않았다. 평소 같으면 낯선 길을 혼자 운전해가는 대신 버스를 탔을 것이다. 차는 이미 내가 살고 있는 도시와 정희가 살고 있던 도시를 이어주는 터널로 접어들었다. 살인자는 반드시 범행현장을 다시 찾는다는 말을 떠올리는 사이 차는 세 개의 터널을 차례로 통과했다. 나는 마주칠지도 모를 기억에 대한 두려움으로 심장이 뛰었다. 한편으로는 후회할지도 모르지만, 악몽 같은 날들에서 벗어나고 싶은 욕망이 나를 부추겼다. 차는 한낮의 교통체증으로 아주 느리게 정희가 살았던 도시로 접어들었다. 내비게이션의 지시에 따라 공원주차장에서 차를 세웠다. 뻣뻣해진 몸을 움직이고 싶어 차에서 내려 걸었다. 노트의 소설에 정희가 운석과 공원에 간 부분이 있어 찾아온 곳이다.

"굵은 빗방울이 갑작스레 공원의 나뭇잎들을 때리기 시작했다. 섬뜩할 정도로 요란한 빗소리에 놀라 앞을 쳐다봤다. 저만치서 운석이 뛰어오고 있었다. 다급했는지 우산도 펼치지 않은 채였다. 내 곁에 서서야 우산을 펼쳤다. 제 몫을 다하지 못했던 우산은 사과라도 하듯 따다닥 따다닥 굵은 빗줄기를 되받아쳤다."

「무당벌레」 속 이야기는 무엇이 진실이고, 무엇이 내가 지어낸 이야기인지 알 수 없었다. 매표소가 눈에 들어왔다. 공원담장 위로 백당나무의 빨간 열매가 추워보였다. 평일이라 사람이 없나보다 했는데, 월요일은 문 닫는 날이라는 안내 표지판이 출입문 앞에 놓여 있었다. 허리 정도 되는 높이의 출입문 앞에서 공원 안을 기웃거리다 돌아섰다.

　"지환아"

　낯익은 남자 목소리, 운석이다. 매표소 쪽으로 얼른 돌아봤다. 돌아서서 주위를 둘러보았지만, 길고양이 한 마리 얼씬거리지 않았다. 순간 손에서 빠져나간 자동차 열쇠가 요란한 소리를 내며 바닥으로 떨어졌다. 자동차 열쇠를 주우려고 허리를 굽혔다가 그만 주저앉아버렸다. 노트 소설 속의 운석이와 공원에서 만났던 사람은 정희가 아니라 바로 나였음을 깨달았다.

　그날은 비가 왔고, 우리는 공원에서 만났다. 어떻게 둘이 만났는지는 모르지만 분명히 나였다. 정희의 남자 동창생 운석이었다. 그런데 나는 왜 내 이야기를 정희의 이야기인 것처럼 소설에 썼을까. 비 오는 그날 운석이 뛰어와 우산을 받쳐주었을 때, 내가 말했었다.

"이미 다 젖었어. 그냥 맞고 싶어."

공원 안쪽으로 걸어가는 내 뒤를 따라 운석의 일정한 발걸음 소리가 들려왔다. 젖은 옷 속으로 파고든 빗물이 속살에 닿아 흘러내렸다. 찬 빗물이 마치 살갗을 파고들 듯 쩌릿했다. 공원 숲길에 우산 몇 개가 드문드문 보였다. 그가 다가와 내게 우산을 씌워주었다. 우리는 말없이 공원 담벼락을 따라 나란히 걸었다. 근처 덤불에서 작은 짐승의 낮은 울음소리가 났다. 움찔하는 내 어깨 위로 그가 팔을 둘렀다. 그의 휘파람 소리가 비에 젖어 앞으로 나아가지 못하고 메아리쳤다. 나는 그의 팔이 올려 진 어깨가 처음엔 감각이 없다가 점점 뻣뻣해지며 온몸에 힘이 들어가서 걷기가 불편할 지경이었다. 두세 그루 아름드리나무가 숲을 이루고 있는 앞쪽 벤치를 향해 내가 걸음의 속도를 높이자 그의 팔도 자연스럽게 내려졌다. 벤치에 앉아 둘러보니 몇몇 우산들마저 보이지 않았다. 그가 다시 조심스럽게 내 어깨 위로 팔을 두르더니 나를 자기 몸 쪽으로 바싹 당겼다. 걸을 때는 몰랐다가 벤치에 앉으니 살짝 한기가 들었다. 그와 닿은 부분의 젖은 옷이 처음에는 축축하다가 점차 따뜻해졌다. 그의 손이 천천히 내 얼굴을 들어 올렸다. 얼굴이 들리는 속도에 따라 눈이 감겼다.

"지환아, 눈 떠봐."

눈을 감은 채 바르르 떨고 있는 내 몸을 그가 와락 껴안았다.

"나, 군대 가… 아직 정희한테는 말 못했어."

그의 입김에 귓불이 후끈거렸다. 바닥에 나동그라진 우산을 그가 들어올렸다. 우산 손잡이를 벤치 나무판자 사이에 끼워 고정시키는 바람에 그의 몸이 잠깐 내게로 기우뚱거렸다. 뒤따라 그의 입술이 내 입술에 포개지는 힘에 밀려 나는 벤치에 드러눕혀졌다. 우산살 사이로 빗줄기가 쏟아져 들어와 눈을 감았다. 등이 벤치 위에 닿는 순간 차가운 빗물이 몸속으로 스며들어 온몸이 떨려왔다. 옷 속에서 데워진 빗물과 벤치에 고여 있던 빗물이 내 몸속에서 서로 뒤섞였다. 우리는 잠깐 동안 엎치락뒤치락 실랑이를 벌였다. 악몽처럼 목소리가 나오지 않았고, 그의 몸에 깔려있어 그를 밀어낼 수도 없었다. 그러다가 난 그만 그를 밀어내던 팔에서 힘을 빼버렸다.

그날 자취방으로 돌아온 뒤 밤새 자다 깨다가를 반복했다. 다음날은 온몸이 욱신거리고 기운이 없어 출근하지 못했다. 다음날도 그 다음날도 정신이 들면 겨우 밥을 먹고는 다시 누워서 사흘을 보냈다. 정희는 매일 전화를 걸어 상태를 물었다. 그럴수록 사무실에서 그녀를 마주하는 일이 엄두가 나지 않았다. 나흘 만에야 출근했다. 사무실에 들어서는 나를 발견한 정희가 자기 자리에서 벌떡 일어나 출입문 쪽으로 걸어왔다. 나는 그녀의 눈을 피해 괜찮다며 얼른 내 자리로 갔다. 낮에는 석간신문에 전단지 넣는다는 일을 핑계로 도망치듯 보급소로 나갔다. 보급소 일을 마친 뒤에는 대리한테 전화로 업무 보고한 후 자취방으로 돌아와 누웠다. 꽤 늦은 시간에 퇴근길이라며 정희에게서 전화가 왔다.

"지환아, 괜히 무리하지 말고 좀 더 쉬어도 돼. 내가 대리님한테 잘 말씀드려볼게."

"알았어. 내일 아침에 보고 힘들면 사무실로 전화할게."

　전화를 끊으려던 나는 왠지 그녀가 머뭇거리는 것 같아서 물었다.

"왜? 다른 할 말이라도 있는 것 같네?"

"있잖아… 운석이 군대 입영통지서를 받았대. 너하고 얘기도 하고 싶고… 몸이 좀 나아지면 주말에 우리 셋이 송별회라도 하면 어떨까?"

"……."

"우리 둘이 만나도 되고… 그냥 답답해서 말이야."

전화를 끊은 뒤 나는 이불에 얼굴을 묻고 "왜! 왜"라고 소리를 질러댔다. 그녀가 운석이를 얼마나 좋아하는지 누구보다 잘 아는 나였다. 나는 분명히 그를 그저 친구의 친구로만 여겼었다. 그날 벤치에서 발목에 걸려있던 팬티와 바닥에 떨어진 바지를 주섬주섬 챙겨 입으며 아랫도리에서 느껴지는 통증과는 달리 덤덤한 나 자신이 낯설기만 했다. 가끔 감당하기 힘든 일을 대할 때면 오히려 차분해지는 나였지만 도무지 나 자신이 이해되지 않았다. 비는 이미 맞어 있었다. 옷을 먼저 추스른 운석이 얼른 우산을 들어 내 몸을 가려주었다. 옷을 다 입자마자 성큼성큼 공원 출입문을 향해 앞장서 걸어가는 내 행동에 당황한 듯 그가 뒤따라 와서 두 팔로 내 어깨를 감쌌다.

"지환아…."

그가 내 이름을 불러놓고는 말을 잇지 못했다.

"아무 말 하지 마! 지금은."

사흘 동안 끙끙 앓으면서 난 "하지 마!"라고 왜 말하지 못했는가를 수없이 생각했다. 그를 좋아하기는 했지만, 그건 정희 친구였기 때문이었다. 정희 없이 그를 내 친구라고 생각한 적은 없었다. 통화 중에 정희가 '우리 셋'이라고 말할 때는 온몸에 소름이 돋았다. 특히 시간이 지날수록 그의 체온과 목에 닿던 입김이 선명하게 떠올라 수시로 눈을 감고 숨을 참으며 머리를 마구 흔들었다. 사무실로 출근해서는 되도록 정희와 오랜 시간 같이 있지 않기 위해 애썼다. 그녀가 내 몸이 좋지 않아 그러려니 생각해주기를 바랐다. 보급소에 가지 않을 때는 상담이 있는 척 사무실에서 나와 근처 카페에 있다가 오곤 했다. 그러다가 나는 운석이 군입대하기 전에 한번은 봐야겠다는 마음이 섰을 때 정희에게 물었다. 모두들 퇴근했을 무렵, 외근 중이던 나는 그녀가 혼자 있다는 걸 확인하고 사무실로 갔다.

"정희야, 운석이는 군 입대가 언제래?"

"이달 말일이야. 같이 볼래?"

어차피 한번은 치러야 할 일이었다. 셋이서 만나는 게 정희든 운석이든 둘이서 만나는 것보다는 나을 것 같았다.

"얼마 남지 않았네. 이번 주말에 너 네 집으로 갈까?"

그녀가 기다렸다는 듯이 대답했다.

"사실은 운석이가 어쩐지 나를 피하는 것 같아서 만나자는 말을 못 하고 있었거든… 잘 됐다!"

운석과 나는 서로의 연락처를 몰랐다. 그가 만약 내 연락처를 알았다면 전화를 걸어왔을까. 나는 정희의 말을 들으면서 그 생각을 하고 있었다. 막상 주말이 되자 집을 나서기가 주저됐다. 그를 다시 만난다는 게, 더군다나 그녀와 셋이 만난다는 게 말이 되지 않았다. 만약에 그녀가 알기라도 한다면, 결코 알아서는 안 될 일이다. 하지만 입대하기 전에 그를 한번은 봐야 했다. 그를 만나 그의 눈을 들여다보고 싶었다. 그의 눈을 보면 뭔가 알 것 같았다.

오래 전에 언니랑 이른 아침 자취방 근처 야산 약수터를 다닐 때였다. 안개가 자욱한 어느 날이었다. 채 날이 밝기 전의 어둠과 안개가 뒤엉킨 산길은 살짝 겁이 났다.

언니도 그랬는지 우리는 약수터까지 가지 못하고 돌아서 내려온 적이 있다. 그때 언니가 말했다.

"두 사람이 있었는데 말이야. 산꼭대기 나무에 사람이 목을 맨 것 같은 모습을 봤어. 한 사람은 무서워서 그 자리에서 돌아서 내려갔고, 다른 사람은 직접 가서 확인했대. 확인 결과 사실은 사람이 목을 맨 게 아니고 잠깐 쉬고 있었던 거였어. 그 사실을 확인한 사람은 그 일을 잊었어. 근데, 돌아서 내려간 사람은 그 사실도 모르고 그날 밤부터 악몽에 시달렸다는 거야. 너라면 어떻게 했을 것 같아. 돌아서 갈 거야? 확인할 거야?"

그때 난 아마도 돌아서 갈 거라고 대답하고 언니는 확인할 거라고 한 것 같다. 그 이후 그렇게 애매한 순간이 오면 나는 늘 언니의 그 말을 떠올렸다. 그리고 대체로 확인을 하는 쪽으로 결정을 봤다. 운석을 만나 무엇을 확인할지 알 수는 없다. 언니 이야기 속의 그 사람이 확인하러 갔을 때, 만약 사람이 죽어 있었다면 어땠을까. 언니 이야기를 떠올릴 때마다 악몽보다는 확인이 낫겠다고 생각은 했지만, 그 생각을 하면 어느 게 더 나은 지는 모를 일이다.

약속 날, 우리는 가끔 만나던 카페에서 만나기로 하고 나는 정희의 집으로 찾아갔다. 정희가 마루에 있는 거울 앞에서 젖은 머리를 말리고 있었다. 대문을 들어서는 나를 보고 웃는 그녀의 얼굴에서 내 얼굴이 보였다. 아침에 일어나 준비하면서 몇 번이나 그렇게 나도 거울 앞에 서 있었다.

"어때? 나 괜찮아 보여?"

정희의 엄마는 집을 나가기 전에 아빠한테 그랬다고 한다. 무엇보다 "당신이 너무 못생겨서 같이 살기 싫다"고. 무심코 나온 자신의 말에 당황한 듯 정희는 눈을 감았다. 그 순간 나 역시 숨쉬기를 멈추었다. 정희가 운석이랑 같이 있을 때면 늘 운석의 얼굴을 똑바로 마주 보지 않았던 이유도 그 때문이었을까. 어쩌면 운석이가 그녀의 얼굴에서 아버지의 이목구비를 발견이라도 할까봐 그렇게 피했던 것인지도 모른다. 한 번도 자신의 얼굴 생김새에 대해서 말한 적이 없던 정희가 그날 처음으로 내 입을 바라보며 묻고 있었다.

"응, 예뻐!"

나는 그만 돌아서서 집으로 가고 싶었지만 입술을 꽉

깨물었다. 우리가 카페에 들어섰을 때 구석 자리에 먼저 와 앉아있는 운석이 보였다. 나란히 같이 들어서는 우리 둘을 본 그는 엉거주춤 자리에서 일어났다. 우리가 앉기를 기다렸다가 그도 앉으면서 슬쩍 내 얼굴을 쳐다봤다.

"입대한다며?"

나는 그의 눈을 피하며 물었다. 그는 대답 대신 정희를 쳐다봤다.

"좀 이르긴 하지만 맥주 시켜도 될까?"

정희는 놀란 듯 날 쳐다보았다.

"그러지 뭐. 밥보다 그게 낫겠네."

내 말에 정희가 고개를 끄덕였다.

"낼모레 군에 가는 사람이 술 마시고 싶다는데 마셔야겠지."

8월 하순의 저녁, 바깥은 아직 환했으나 카페 안은 어둑했다. 우리는 오징어와 맥주 두 병으로 술을 마시기 시작했다. 거기까지였다. 그 이후의 기억이 없었다.

나는 공원주차장에 차를 두고 공원 담장을 따라 걸으며 우리가 만나던 그 카페를 더듬어 봤다. 요즘으로 치면 카페이지만 그 당시에는 경양식 레스토랑이었다. 공원

돌담길만 그대로였고, 시내는 너무 많이 변해서 어디가 어딘지 알 수가 없었다. 왼쪽으로는 돌담이 계속 이어졌고, 오른쪽으로는 드문드문 골목길이 나왔다. 골목에는 점포들이 빼곡히 들어서 있었다. 돌담이 꺾이는 지점의 골목길, 뭔가 낯익었다. 골목의 끝 지점을 눈으로 좇던 나는 돌담에 기대섰다.

아, 골목길에서 울부짖던 사람은 그녀가 아니다. 바로 나였다. 나였던 것이다. 아니 그녀이기도 했다. 그녀 역시 눈물범벅인 얼굴로 소리쳤다.

무음 처리된 화면처럼 둘이 서로 울부짖는 장면만이 떠오를 뿐 무슨 말을 하는지는 끝끝내 알 수 없었다.

나는 왔던 길로 되돌아섰다.

빨간 눈표

나는 오늘 세 번째 의뢰인을 만나러 간다. 친구의 카페 '타인'에서 만났던 사람이다. 아침에 눈뜨자마자 시계부터 봤다. 질 좋은 원두를 담은 그라인더를 돌리면서, 커피 가루가 든 여과지에 주전자의 긴 주둥이로 물을 붓기 위해 온몸으로 원을 그렸다. 보온병에 커피를 담고, 미리 데워 둔 머그잔 두 개도 소풍가방에 넣어 지하주차장으로 갔다. 아파트를 빠져나오면서 습관적으로 승용차의 오디오를 틀었다.

첫 전기문은 엄마의 이야기였다. 삼 년 전 겨울, 친정집에 갔을 때다. 안방 이부자리에 필통과 공책, 유치원생용 한글책이 차곡차곡 놓여있었다. 맨 위에 있던 필통을 열었다. 아버지가 갈아놓은 낫처럼 잘 깎인 연필 세 자루와 손때로 얼룩진 지우개가 보였다. 공책 낱장마다 엄마가 쓴 글자들이 다랭이논의 여린 모처럼 비틀거렸다. 공책 첫 장은 '강원도'에서 시작했다. 해방 때, 외가 식구들이 일본에서 빈손으로 도망 나와 살았던 곳이다. 일본, 마산에 이어 우리 여섯 형제와 손자들의 이름이 차례로 나왔다. 반복해서 적힌 낱말도 있고, 친정집 주소도 보였다.

몇 년 전부터 엄마는 머리가 지끈거리고 아파서 잠을 설친다고 했다. 삐뚤삐뚤한 글자들은 엄마의 잠 못 잔 시간인 셈이다. 지우개로 여러 번 지워 얇아진 종잇장은 보푸라기가 일어 푸슬푸슬했다. 종잇장을 휘리릭 넘기던 나는 뭔가 이상한 점을 발견했다. 공책의 절반 정도에서부터 글자의 배열이 몇 장에 걸쳐 똑같았다. 엄마가 내 손에서 빼앗듯이 가져가는 공책 절반 정도에는 '아버지'라는 낱말만 반복적으로 적혀 있었다.

"재욱이 엄마한테 사달라고 했다. 한글 공부해 볼라꼬…."

'꼬'에 힘이 들어간 엄마의 말소리는 낮았지만 단호했다. 재욱이 엄마는 오빠가 이혼하는 바람에 졸지에 큰며느리 노릇을 하게 된 작은 올케를 말한다.

두 번째 전기문은 친구 아버지의 이야기였다. 친구의

아버지는 어머니가 돌아가신 후 점점 말수가 줄어들었다고 했다. 친구의 가족들은 특별히 건강상의 문제가 없으니 시간이 지나면 괜찮아질 것이라 믿었다. 예상대로 아버지는 서서히 좋아져서 예전만큼은 아니지만 가족들과 곧잘 어울렸다. 친구도 좋아지는가 보다고 여겼다. 그런데 친구는 아버지랑 같이 있으면서 아버지에게 이상한 버릇이 생겼다는 걸 알게 됐다. 말소리가 들려서 보면 아버지는 마치 맞은편에 엄마가 있는 것처럼 혼잣말을 한다는 것이다. 아버지를 지켜보던 친구는 사람들이 자신의 얘기를 들어줄 사람이 없을 때, 자기 자신한테 말하게 되는 것 같다며 내게 아버지의 자서전 대필을 의논해 왔다.

친구의 아버지 자서전을 마치고 나서 일반인을 대상으로 하는 전기 작가 일을 본격적으로 해보기로 했다. 시나 수필 쓰는 어른은 더러 만났지만, 일반인이 자신의 자서전을 썼다는 이야기는 들어본 적이 없었다.

결혼 전에 초등학생 글짓기 지도를 할 때였다. 천방지축이던 아이들이 일기쓰기 수업이 끝날쯤이면 달라졌다. 특히 자신감 없던 아이가 자신의 목소리를 내기 시작했다. 수업태도가 좋지 않던 아이들도 일기가 달라지면서 생활태도가 좋아졌다고 엄마들이 전했다.

친구의 아버지는 자서전 작업할 때 친구분들 만난 얘기를 가끔씩 들려주셨다. 친구들이 만나면 서로 말을 주고받기보다 휴대폰만 보여주다시피 하다가 헤어진다는 것이다. 이래저래 여유가 있는 사람들은 먹고 놀러 다닌 자신의 사진을 보여주지만, 대개는 손자들 사진이나 인터넷상에 돌아다니는 동영상이라고 한다. 그마저도 끼어들 수 없는 사람들은 하나둘 모임에 나타나지 않는다고도 했다. 나는 친구 아버지의 말동무가 되어 이야기를 들어주고, 그가 겪어온 이야기를 글로 썼다.

전기문 의뢰인을 기다리는 대신 아파트 작은 도서관에 성인을 대상으로 한 자서전 쓰기 무료강좌 개설을 도서관장에게 제안했다.

"아이들 가르치는 일을 오랫동안 하셨네요. 주민들을 위해 봉사해주신다니 저희 입장에서는 무척 고마운 일입니다만…, 어른들 가르치는 일이 아이들 가르치는 일보다 훨씬 더 힘들 수도 있어요. 괜히 시작했다가 안 하니만 못할 수도 있고요."

도서관장이 이력서를 꼼꼼하게 읽어나가며 말했다.

"사실 저도 그 부분 때문에 많이 망설였어요."

관장은 그럼 그렇지 하는 표정을 지었다.

"관장님, 관장님께서 도와주시면 잘 될 수도 있지 않을까요? 같이 수업 들으셔도 좋고요."

"저도 같이 수업을 들으라고요?"

관장은 머뭇거리는 내 입술을 바라보았다. 관장의 마음을 움직일 한마디가 필요한 순간이었다.

"제 생각에 여기 관리사무실 책장에 관장님 책을 비치할 수 있는 기회가 될 것 같은데요."

관장의 입꼬리가 살짝 올라가다가 제자리로 돌아왔다. 이력서를 덮으며 머리를 끄덕이던 그녀는 운영진과 의논해보겠다고 했다.

오늘 만나러 가는 세 번째 의뢰인은 친구의 카페 '타인'에서 처음 만났다. 친구가 자서전 쓰는 걸 도와달라는 사람이 있다며 소개했다.

"저 별로 유명한 작가도 아닌데, 괜찮으시겠어요?"

서로 간단한 소개가 끝나고 나서 내가 물었다.

"괜한 말을 했나하고 취소하려다가 약속은 약속이라

일단 나왔어요."

 순간 무슨 이런 사람이 있나 싶어 당황스러웠다. 올해 환갑이 되었다는 남자의 말에 나는 깜짝 놀랐다. 칠순 정도 됐나보다 짐작했는데, 올해가 환갑이었다고 말했다. 남자가 나이 들어 보인 것은 검게 염색한 머리카락 아래로 새로 올라온 흰 머리카락 때문만은 아니었다. 푸석한 피부에 한 번도 활짝 웃어본 적이 없을 것 같은 어두운 표정 때문이었다.

 "이해할 수 있어요. 잘 모르는 사람을 붙들고 자신의 얘기를 한다는 게 당연히 쉽지 않겠죠."

 "이해한다고요. 뭘 이해한다는 겁니까. 어떻게 이해한다는 겁니까."

 마침 다른 손님들이 없어 조용한 카페에서 창밖을 향해 그가 벌컥 소리를 질렀다. 그는 마치 내게 하는 말이 아닌 창밖의 누군가에게 말하는 것처럼 행동했다.

 "승민아, 무슨 일이니?"

 어느새 우리 자리로 온 친구가 어리둥절한 얼굴로 내게 물었다. 나 역시 친구의 얼굴과 그의 얼굴을 번갈아 쳐다보며 어쩔 줄 몰라 했다.

"선생님, 왜 그러셔요?"

"누가 누굴 이해한다는 게 가능하기나 한 일입니까. 가족도 이해하지 못하는 걸 남이 어떻게 이해한다는 겁니까. 그렇다고 내가 무슨 남부끄럽게 살아왔다는 말을 하는 게 아닙니다."

그의 말끝이 다소 누그러졌다. 친구와 나는 조심스런 눈빛을 서로 나눴다.

"제가 아직 제 얘기를 할 마음의 준비가 안 됐다는 말씀입니다."

"어머, 그러셨어요? 죄송해요. 선생님께서 오 작가를 만나고 싶다고 하셔서 충분히 생각하신 줄 알았어요."

"누가 잘못했다는 게 아닙니다. 제 마음이 준비되면 다시 연락드리기로 하고 오늘은 이만 실례하겠습니다."

카페 문을 나서는 그의 뒷모습을 보며 친구와 나는 잠깐 할 말을 잃고 서 있었다.

"오작가, 우리 이미 겪었던 일이잖아? 전에 얘기했지. 아버지가 오 작가 칭찬을 많이 했다고. 남 얘기를 어쩜 그렇게 잘 들어주는지 참 희한한 사람이라고 말이야."

"희한하다는 게 칭찬이야. 암튼 좀 더 기다려보자."

아이들과 일기수업 할 때도 그랬다. 자신들의 솔직한 이야기를 쓰지 않으려고 했다. 무엇보다 엄마와 선생님에게 들키고 싶어 하지 않았다. 첫 번째 전기문도 엄마가 원했던 건 아니었다.

엄마의 전기문은 내 기억의 어느 지점이기도 했다. 그해, 유월도 막바지로 접어든 날이었다. 정오 무렵 용지봉 꼭대기를 꽉 움켜잡고 있던 구름발톱이 차츰 검어지더니 가랑비를 뿌리기 시작했다. 빗줄기는 날이 어두워지면서 더 굵어졌다. 미라처럼 비닐로 온몸을 감쌌으나 발을 담그고 있던 흙탕물 속의 찬 기운이 덮쳐 온몸이 덜덜 떨렸다. 굵은 빗줄기에 희번덕거리던 무논은 섬처럼 고립되어갔다. 마을 근처 논들은 어른들끼리 품앗이를 해가며 모내기를 했으나, 다랭이논은 일꾼을 부리기가 어정쩡했다. 당시 초등학교 5학년이었던 나는 학교를 파하면 곧장 논으로 가야 했다. 일꾼 한 사람 몫을 한다는 말이 칭찬인 줄 알고 허리 아픈 내색도 하지 못했다. 양손 모두 추위에 곱아 모를 심는 속도가 점점 떨어졌다.

모내기는 모판에서 논에 심기까지 세세한 과정을 거쳐 이루어지는 일이다. 톱니바퀴처럼 서로 맞춰 돌아가듯,

왼손에 모를 쥐고 오른손으로 덜어내서 심는 모심기로 손과 발의 박자가 맞지 않으면 발이 꼬여 논바닥에 주저앉고 만다. 논바닥에 돌이 있거나 발자국에 움푹 파인 곳이어도 과정이 뒤엉켜버린다.

 나는 작은 소리로 끙끙 앓으면서 손안에 있는 모를 다 심은 후 허리를 펴서 논 아래의 마을을 내려다보았다. 면내 마을 불빛들이 어둠 속 등대가 되어 신호를 보내왔다. 빗줄기의 기세는 조금씩 수그러들었다. 물안개 속으로 늘 듣던 엄마의 노래가 들려왔다. 그만 끝내고 집에 가자는 말을 해서 엄마의 노래를 멈추게 할 수는 없었다. 나는 못줄을 어림잡아 다시 논 끝으로 모를 심어나갔다. 쇠잔등만 한 논은 못줄을 한번만 대면 그만이었다. 논 한가운데를 가로질러 못줄을 쳐놓고 심어나갔다. 엄마와 나는 마치 포크댄스를 추듯 논 가운데서 만났다가 가장자리로 물러가기를 반복했다. 무논으로 떨어져 내리는 빗소리에 섞여 엄마의 노랫말은 논 가운데서 만날 때만 또렷이 들렸다. 못줄은 흙탕물에 잠긴 채 **빨간 눈표**만 빗방울에 맞아 자맥질을 연거푸 해댔다. 엄마가 못줄에 맞춰 다랭이논에 자신의 생을 꾹꾹 눌러썼다면 나는 엄마의 삶에 맞춰 일찌감치 내 자서전을 쓴 것인지도 모른다.

"…아버지, 아버지요. 왜 그러셨능교! 온다간다 말 한 마디 없이…."

엄마의 사설이 외할아버지의 실종부분까지 왔다. 외할머니는 막내인 엄마를 낳은 후 산후병을 앓다가 돌아가셨다. 외할아버지는 엄마의 오빠들인 세 아들네를 오가다가 행방불명되셨다는, 수없이 들어온 이야기이다. 행방불명된 사실을 아무도 모르고 있을 때, 외할아버지는 엄마를 찾아왔었다. 엄마가 본 외할아버지의 모습이 그때가 마지막이었다. 더운 여름날 외할아버지가 사 온 아이스크림을 먹고 엄마는 임신 중이던 첫아이를 잃었다.

모내기 때 부르는 엄마의 노래는 늘 같은 순서였다. 남진이나 나훈아의 노래로 시작해서 상주모내기로 이어갔다. 상주모내기 노랫말은 어느 순간 엄마의 신세타령이 되었다가 끝내 통곡이 되어서야 끝이 났다. 끝맺는 엄마의 말도 한결 같았다. 내 살아온 이야기를 책으로 엮으면 열권도 더 될 거다 끙, 엄마는 한숨을 삼키며 허리를 폈다.

세 번째 의뢰인에게서 다시 연락이 왔다는 친구의 전화를 받았다. 카페에서 헤어진 지 한 달이 다 돼갈 무렵이었다. 친구는 내키지 않으면 거절해도 된다며 말렸지만 난 그럴 수가 없다고 대답했다. 친구는, 오작가에게 전기 작가 일은 단순히 일이 아니라 무슨 신념과도 같은가 봐, 했다. 약속한 날 차를 몰아 친구의 카페가 있는 강변으로 가는 동안 한 가지만 생각했다. 전기문에 대한 서로의 간절함에 대해서만.

내가 카페로 들어서자 테이블을 사이에 두고 서로 마주 보고 앉아있던 두 사람이 동시에 일어섰다. 친구가 눈을 찡긋하며 내 곁을 스쳐 지나갔다. 혼자 남은 그가 내 쪽을 보며 오른손으로 정수리를 만지작거렸다. 스포츠머리에 흰 셔츠, 연두색 깃을 세운 옷차림이 지난번과 같은 사람이라고 할 수 없을 정도로 말끔해 보였다.

"이렇게 나와 주셔서 고맙습니다."

그가 탁자 쪽으로 눈을 둔 채 말했다.

"아니요. 제가 아직 이 일에 서툴러서 그런걸요."

"작년 연말에 대형서점의 문구코너에서 꽤 마음에 드는 수첩을 한 권 샀습니다. 퇴직 후 마땅히 할 일이 없기도 하고…"

 그의 대화법이 좀 특이하다는 생각이 들었다. 이야기할 때 주고받으며 말을 하지 않고 자신이 할 말만 툭 던졌다. 상대방을 향해서 말을 한다기보다 혼잣말 같았다. 커피 잔을 바라보거나 창밖을 내다보던 그가 갑자기 이야기의 흐름을 바꾸듯 앞에 앉은 내 얼굴을 빤히 쳐다보았다.

 "다섯 살 때였다, 그게 내가 쓴 첫 문장이었어요. 그리고는 더 이상 쓸 수가 없었습니다."

 그러고 보니 지난번에 만났을 때는 단 한 번도 눈을 마주치지 않았던 것 같았다. 눈을 마주치는 것도 잠시 그의 눈빛이 허공을 불안하게 돌아다녔다. 커피 잔 손잡이를 잡고 있던 내 손에 그의 눈길이 와 닿았다. 나는 손을 무릎으로 거두었다.

 "누굴 붙잡고 내 얘기를 해본 적이 있어야 말입니다. 그렇다고 미친놈처럼 나한테 말할 수도 없는 노릇이고."

 친구가 처음 그에 대해 했던 말이 생각났다.

 "가끔 찾아오는 손님인데, 늘 혼자 와서 맨 안쪽 자리에 앉아 뭘 쓰고 있는 거야. 처음에 글 쓰는 사람인가 했었거든. 그런데 주문한 커피를 가져다주면서 보니까 그냥 백지더라고. 그래서 물어봤지. 자서전을 쓰고 싶은데 한 줄 이상 도무지 못 쓰겠다고 해서 우리 아버지 이야기를 해줬어."

친구 아버지도 처음에는 할 말이 없다고 하셨다.

"그럼, 선생님. 억지로 이야기하지 마시고, 저하고 글쓰기 수업한다고 여기시면 어떨까요?"

"그냥 너무 억울해서 그럽니다. 답답해서 말입니다. 목구멍을 꽉 틀어막고 있는 덩어리를 끄집어내고 싶은데, 도무지 어떻게 해야 할지 모르겠더라고요."

화가들이 평생에 걸쳐 자화상을 그리듯 사람들은 자신의 이야기를 하고 싶은 걸까. 모임 같은 데서도 보면 다른 사람의 말이 끝나기가 무섭게 각자 자신의 얘기를 하느라 바쁘다. 낯선 사람과의 만남에서도 마찬가지이다. 중소형 마트에서 계산원으로 일하는 위층 언니가 들려준 이야기가 있다. 계산대에서 노인들이 물건값을 계산하는 동안 자신이 왜 그 물건을 사러왔는지에 대해 꽤 오랫동안 그 언니를 잡고 얘기한다고 한다. 마치 자신의 이야기를 들어주는 것 또한 물건 값에 포함돼있는 것처럼. 가만히 보면 그런 말들은 대개가 질문이 없다는 게 공통점이다.

억울하다는 그의 말에 해줄 적당한 말을 찾으며 커피잔을 입으로 가져갔다.

"작가님, 저, 부탁 하나 해도 되겠습니까?"

그에게서 처음 듣는 호칭이었다.

"요 앞 강가에 산책길이 있던데, 같이 걸으면서 얘기하면 안 될까요? 자꾸 숨이 막혀서요."

사실 나도 마주보고 앉아 있는 게 영 불편했다. 그의 떠도는 눈길을 좇을 수도 없고, 눈을 떨군 채 앉아있을 수도 없는 노릇이었다. 바깥은 해가 기울었으나 환했다. 머릿속도 환해지는 기분이 들었다.

"내가 살고 싶었던 삶으로 글을 써주실 수는 없겠습니까?"

강을 따라 물버들이 줄지어 있는 산책길로 접어들었을 때 그가 한 말이다. 그건 전기문이 아니라 소설을 써달라는 말이다. 나는 몇 걸음 앞에 있는 벤치 앞에서 잠시 망설이다가 그냥 걷기로 했다. 벤치 앞 갈대숲이 방향 없이 일렁댔다. 갈대숲 너머 강 표면은 초여름 햇살에 구겨진 은박지처럼 반짝였다.

"아, 말이 안 되는 얘기지요."

그는 혼자 묻고, 혼자 답하고 있었다. 그의 말을 뒤로 하고 내가 아무 말 없이 강을 따라 나 있는 산책길로 걸음을 떼자 그도 뒤따라 왔다. 사실 내게는 전기문이나 소설이나 마찬가지다. 전기 작가라는 내 입장에서야 의뢰인이 시로 써달라면 시로 써주면 되고, 희곡으로 써 달래도 못할 것 없다. 오로지 의뢰인 자신만이 독자인 자서전인데, 소설인들 어떻단 말인가.

"지난 일은 생각하는 것만으로도 이렇게 답답한데 글로 쓴다고 뭐가 달라지겠습니까. '타인' 사장님 아버지는 좋아하셨다고 들었습니다. 저는 암만 생각해도 글로 써봤자 목구멍이 확 뚫릴 것 같지가 않습니다."

한 걸음 정도 뒤처져서 걸어오던 그가 먼저 말을 걸었다. 물러서는 사람의 말투가 아니었다. 나는 걸음을 멈추고 강을 향해 몸을 돌렸다.

"다른 삶이라면…, 특별히 원했던 삶이라도 있으셨어요?"

내 옆에 서서 말없이 강을 바라보던 그가 갈대숲을 헤치고 물가로 성큼성큼 내려갔다. 주위를 두리번거리다가 집어 든 돌멩이로 물수제비를 떴다. 그의 어정쩡한 자세

탓인지 돌멩이는 물위로 두어 번 뛰더니 그만 물속에서 더 이상 올라오지 않았다. 작은 돌멩이가 만든 물이랑으로 어둑한 강은 황금빛 물비늘을 번뜩이며 뒤척였다. 나는 벤치를 향해 몸을 돌렸다.

 나는 무엇을 간절하게 원했던가. 춤이었을까. 중학교 2학년 때 가을운동회 준비로 여학생들이 포크댄스를 배우고 있었다. 시골 중학교엔 무용 선생님이 따로 없었다. 어떤 이유에서였는지는 모르지만 여자 영어 선생님이 담당 교사였다. 동작을 가르치던 선생님이 내 귓가에 대고 속삭였다.

 "기 중에 니가 제일 낫다."

 선생님의 그 말을 쉰 살이 다 된 지금도 훈장처럼 가슴 속에 품고 있다.

 "시인이 되어 사는 거요!"

 첫 만남 때처럼 그가 벌컥 내지르듯이 말했다. 뒤돌아보니 그가 갈대숲을 빠져나오다 말고 나를 보며 꾸부정하게 섰다.

 "알겠어요. 그럼, 언제부터 왜 시인이 되고 싶었는지, 몇 살쯤 시인이 되었는지, 그리고 시인의 삶은 어떠한지 생각은 해보셨어요?"

나는 숨을 몰아쉬며 한꺼번에 질문을 쏟아냈다. 그가 갈대숲을 빠져나와 다가오던 걸음을 멈추었다. 책 열권으로도 모자란다며 한글을 독학하던 엄마도 그랬던 건 아닐까. 엄마가 전기문을 읽었다면, 엄마는 고개를 저었을 지도 모를 일이다. 엄마가 쓰고 싶었던 건 그게 아니었다고. 절대 너그 아버지 같은 사람한테 시집와 살 내가 아니었다. 결혼 얘기를 꺼내오던 잘난 남자를 떨치고 이런 산동네로 시집온 건 다 너그 외할아버지 말씀을 거역하지 못해서였다. 이래봬도 우리 집안이 양반이어서 그땐 그래야 했다, 고 엄마는 아버지와 싸웠거나 할머니와 다투고 나면 딸들을 붙들고 말했다. 그런 엄마의 눈빛에서는 양반의 당당함이 서려 있는 것도 같았다.

"그거까진 미처 생각하지 못했습니다."

그의 표정에 아득함이 실렸다.

대학 4학년 때, 다른 동기들은 교생실습을 나가거나 취업 준비에 한창일 때 나는 극단에 가입했다. 나중에 생각해보니 춤에 대한 미련 때문인 것 같았다. 신입회원들 연습시간이었다. 남자 선배가 아들 역할을 하고 나는 엄마를 연기했다. 너무나도 능청스럽게 아들이 되어 연기하는 선배 앞에서 나는 말문이 막혔다. 그때 나는 깨달았다. 해보지는 않았지만, 자신이 하면 아주 잘 해낼 수 있을 거라는 확신이 드는 일이야말로 해서는 안 되는 일 중의 하나임을. 해버리고 나면 영혼이 갈 길을 밝혀주던 불빛 하나가 사그라져버린다는 것을.

그날 그를 만나고 집으로 돌아오는 길에 마트로 갔다. 조류독감 파동 이후 값이 두 배 이상 오른 달걀을 고르는 손이 허공에서 더듬거렸다. 겨우 몇 백 원 차이로 고민하는 동안 남편의 목소리가 귀에서 윙윙거렸다. 평소 물건 살 때 가격 비교를 하지 않는 나를 남편은 돈 무서운 줄 모른다며 나무랐다. 남편이라면 두말없이 양 많고 싼 걸 골랐을 것이다. 어떤 달걀을 살지 고민하다가 어이없게도 시인이라면 비싸더라도 친환경적인 것을, 소설가라면 같은 값에 개수가 더 많은 것을 살 거라는 생각이 들었다. 시인이 꿈이었다던 그의 대답이 궁금했다.

"저, 뭐 하나 여쭤봐도 돼요?"

느닷없는 내 전화를 받은 그가 여보세요, 해놓고는 아무 말이 없었다.

"선생님, 평소 장을 직접 보세요?"

"네?"

"있잖아요. 혹시 달걀 살 때 가격을 보고 사요, 아니면 상표를 보고 사요?"

"달걀말입니까? 별로 생각을 안 해 봤는데, 그냥 열 알 정도 든 걸 사 먹습니다."

왜 그런 걸 묻느냐는 질문을 받기 전에 얼른, 고마워요, 다음에 뵐게요, 말하고는 전화를 끊었다. 대학에서 국문학을 전공하며 만났던 시인과 소설가인 교수들을 통해, 또 주변에 글 쓰는 사람들을 겪으면서 내 나름의 기준 같은 게 있었다. 내 의뢰인인 그가 가격도 상표도 보지 않는다니 역시 시인답다, 생각하며 머리를 끄덕였다.

세 번째 만남은 두 번째 만남 이후 일주일 만이었다. 전날 그에게서 전화가 왔다. 저, 해주고 싶은 말이 있는데, 내일 시간 괜찮으세요, 라고. 친구 카페가 아닌 산책길 벤치에서 만나기로 약속을 잡았다. 지하주차장을 빠져나와서 보니 길바닥이 젖어 검게 번들거렸다. 한낮임에도 어둑한 강변 공원에는 자전거족은 물론이고 걸어다니는 사람 하나 보이지 않았다. 주차 후 막 주차장을 벗어났을 때 벤치 쪽에서 검은 우산을 든 그가 걸어왔다.

"전화를 드릴까하다가 그냥 왔어요. 벤치가 젖었죠?"

내 인사말에 그가 고개를 저었다.

"비와도 걸을 만하지만… 입구에 식당이 있던데, 그리로 가면 어떻겠습니까?"

우리는 내가 가끔 찾는 집인 〈기찻길〉로 향했다. 비 오는 날 기찻길이 보이는 작은 방 안에 앉아있으면, 시간이 그대로 멈춰도 좋겠다는 생각이 드는 곳이다. 타지의 사람들이 찾아오면 마치 여행의 필수코스처럼 꼭 한번은 데려갔다. 가게 안은 조용했다. 원래 조용한 집이었으나 낙동강 종주하는 자전거족이 스탬프를 찍기 위해 들어오면서부터 평일에도 빈자리가 없을 때가 많았다. 우리가 가게로 들어서니 여주인이 기찻길이 보이는 작은 방으로 안내해 주었다. 여주인은 서로 통성명을 한 적 없는 나를 알아보는 눈빛이다. 액자 속 풍경화처럼 창밖 기찻길 언덕의 키 큰 쑥대가 방안을 기웃거리듯 바람에 흔들렸다.

"이 집은 수제비랑 나물 비빔밥하고, 동동주가 맛있어요."

술은 시키지 말았어야 했는지도 모른다. 내게 있어 술

은 주문呪文이었다. 경계를 허무는 마법의 주문이자 자신의 정체를 드러내는 미완의 주문이었다. 음식들이 나오기 전에 그동안 쓴 글을 그에게 보여주었다. 글을 읽어나가는 그의 얼굴에서는 좀처럼 감정을 읽을 수가 없었다.

"왜 시인을 꿈꾸는 남자는 사회생활에서도 미숙하고 여자에게도 서툴다고 생각하시죠?"

종이철 파일을 내게 돌려주면서 한 그의 말에 나는 방이 좁다는 생각이 들었다. 빠끔히 열려 있던 방문을 활짝 열어 제치며 소리쳤다.

"사장님, 우리 동동주 먼저 주세요."

맞는 말이다. 어쩌면 이공계 쪽의 남자보다 시인의 감수성을 지닌 사람이 사회생활을 더 잘 할 수도 있고, 가정적일 수도 있다. 시인인 남자야말로 결혼기념일에 촛불이벤트 정도는 기본인 로맨틱한 남편, 자식들의 잠자리에서 동화책 읽어주는 자상한 아빠로 상상해보는 게 훨씬 설득력 있는 게 아닐까.

"오래전 일인데 말입니다. 어느 날부터 직장동료들이 저를 두고 자기네들끼리 수군거리는 것처럼 느껴지는 겁니다. 처음엔 그럴 리가 없다고 생각했습니다. 그러면서도 그들 모르게 직장 동료들의 눈치를 살피게 되더군요. 가끔은 저 없이 이야기를 나눈 사람 중에 조금 편한 사람한테 무슨 이야기를 했냐고 슬쩍 물어보기도 했어요. 그럴 때마다 상대는 업무적이거나 사소한 이야기들이라고 대답했습니다. 시간이 지나면서 저는 그 사람들의 말을 의심하기 시작했습니다. 분명히 나에 관한 이야기를 했으면서도 시치미를 떼고, 나를 따돌린다는 확신까지 드는 겁니다. 아침에 눈을 뜨면 출근하는 일이 막연히 두려웠습니다. 그런 생각을 아내한테도 말 못했습니다. 말하면 한심한 인간 취급이나 당할 것 같아서요. 아내한테도 속 시원하게 털어놓지 못한 채 몸이 좋지 않다며 결근하는 날이 잦아졌습니다. 그러다가 아내와 자식들도 점점 직장 사람들의 눈빛을 닮아가지 뭡니까. 부부싸움이 잦아졌고 아내가 병원을 가보자고 하더군요. 결국 병원을 찾아가 이것저것 검사를 했습니다. 진단결과가 나왔는데 뜻밖에도 제 청력에 문제가 있다는 겁니다. 의사와 이래저래 원인을 짚어보다가 군복무 때 있었던 사고 때문이라는 걸 알게 되었습니다. 왼쪽 귀도 청력이 약했지만, 따로 치료방법은 없고 보청기를 사용해보라고 의사가 권했어요. 요즘이야 귓속에 들어가서 잘 보이지 않는 보청기도 나오지만 그때는 안 그랬거든요. 나는 남의 말을 못 듣는 사람이라는 걸 떠벌리는 것도 아니고… 보청기는 죽기보다 싫었습니다. 가족들이 말을 하면 엉뚱한 대답을 하거나 어쩌다가 아내가 혼잣말이라도 할라치면 나를 두고 하는 말이라며 화를 내는 날이 많아졌습니다. 그러면서도 끝까지 보청기를 사용하지 않은 나를 두고 아내는 이기적인 인간이라고 했어요."

그가 이야기하는 동안 우리는 서로의 눈을 피했다. 나는 술잔만 내려다보았고, 그 역시 손안의 술잔을 바라보거나 마시면서 이야기를 계속 이어갔다. 서울 본사에서 근무하던 그는 그 후 지방으로 근무지 이동 신청을 해서 이 도시에 살게 되었다. 두 아들은 아빠가 직장 때문에 당연히 따로 사는 걸로 알았다. 아이들이 대학을 가서야 아내와의 이혼 서류를 정리했다며, 지난번 만남에서 못다 한 얘기를 들려주었다. 빈속에, 그것도 낮술로 마신 두 잔째 동동주에 취기가 가파르게 올랐다.

그에게 혹시 가족사진을 가지고 있는지 묻고 싶었다. 휴대폰에 저장해둔 가족사진 한 장쯤은 있을 것이다. 가족사진 속에서 그는 어떤 얼굴을 하고 있을까. 아마 웃고 있지 있겠지. 수제비가 먼저 들어오고 조금 뒤에 나물 비빔밥이 들어왔다. 동동주 동이는 이미 바닥을 드러냈다.

"수제비를 드시겠어요? 비빔밥을 드시겠어요?"

"제가 비빔밥을 먹어도 될까요?"

그가 비빔밥 그릇을 내 앞으로 옮겨 주었다. 우리는 점심을 굶은 사람들 마냥 말없이 각자 앞에 있는 음식들을 먹기 시작했다. 기찻길이 보이는 창 위의 벽시계가 막 오후 다섯 시를 가리켰다.

"생각해보니 제 인생 전부를 새로 쓸 필요가 없겠더군요. 지금 시점에서 시인이 된 것으로 하고, 제 삶의 뒷부분을 시인으로 살다가는 걸로 해도 괜찮지 않을까요?"

다 먹은 음식 그릇을 식탁 가장자리로 치우고 나서 두 사람의 빈 술잔을 채우며 그가 한 말이다. 그가 원하는 것은 엄밀하게 말하면 자서전 공동창작 작업과 다르지 않다. 그의 물음에 대답할 적당한 말을 찾지 못한 나는 여가 시간에 뭘 하며 지내냐고 되물었다. 우리는 서로의 관심사로 화제를 바꿔 얘기를 나눴다.

동동주 두 동이를 마저 비우고 우리는 다시 강변으로 나섰다. 그 사이 비는 그쳐 있었다. 서쪽 하늘 아래 반달이 검게 변한 산 가장자리를 타고 흔들거렸다. 갈대숲이 한차례 카드섹션을 하듯이 허리를 굽혔다 폈다. 다시 불어온 바람소리처럼 그가 흥얼거렸다.

> 그대에게 보낸 저녁 미사곡이 나오지.
> 표지를 보면 그대는 저절로 웃음이 날거야.
> 나 같은 똥통이 사람 돼 간다고.
> 사뭇 반가워 할 거야.
> 으으음…

아는 노래였다. 죽은 시인을 그리워하는 어느 시인의 시에 국내 유명 대금 연주가가 곡을 붙이고 직접 부른 노래다. 나의 두 팔이 스르르 공중을 느리게 휘젓기 시작했다. 그의 노래가 내 팔을 타고 손가락을 빠져나갔다. 단지 술기운 때문만은 아니었다. 평소 집에서도 하루 종일 에프엠 라디오를 틀어놓고, 국악이 나오면 혼자 춤동작을 했다. 마치 집에서 라디오를 듣고 있듯이, 홀연히 앞서가며 온몸으로 노래를 들었다. 나의 갑작스런 행동에도 아랑곳없이 그는 계속 흥얼거렸다. 한순간 주변의 빛무리가 빙글빙글 돌았다. 풀숲에 쓰러진 나를 향해 손을 내밀며 그가 소리 내어 웃었다. 처음 듣는 나이 든 남자의 웃음소리였다.

"그럼, 지금부터 시를 한번 써보세요. 가짜가 아니라 진짜 시인이 되면 되잖아요."

우리집 아파트 지하주차장에서 대리운전 기사와 함께 걸어가는 그의 뒷모습을 향해 말했다. 낮은 내 목소리가 늦은 밤 지하주차장을 울렸다. 그는 뒤돌아서며 오른팔을 들었다가 내렸다. 잠깐 머뭇거리며 뭔가 말할듯하더니 손을 바지 호주머니 속으로 집어넣으며 다시 걸어갔다. 대리운전 기사는 이미 가버렸는지 보이지 않았.

사람과의 만남에서 그 시작과 끝을 어떻게 알 수 있을까. 삼 주가 지나도록 그에게서 연락이 오지 않았다. 그를 생각하면 지하주차장에서 호주머니 속으로 손을 집어넣으며 걸어가던 뒷모습이 떠올랐다. 내 쪽에서 먼저 연락하는 일도 내키지 않았다. 그의 마음이 변해 더 이상 전기문 작업을 못 하게 됐다는 소식이 올지도 모른다는 생각이 들었다. 한 달쯤 지나 친구의 카페로 갔다.

"어, 오작가, 글 쓰는 일은 잘 돼가나요?"

오랜만에 만난 친구의 장난스런 인사말에서 그에 대한 정보를 얻기는 글렀다는 것을 알 수 있었다. 다른 이야기는 하지 않고, 사실은 한 달이 다 돼 가는데 그에게서 연락이 없다고 말했다. 그녀 역시 그를 한동안 보지 못했다고 했다. 친구는 혹시 두 사람 사이에 무슨 일이 있었던 건 아니냐고 물었다. 나는 친구에게 그가 원하는 자서전에 대해 얘기한다면 어떤 반응을 보일지 궁금했지만 참았다. 좀 더 기다려보다가 내가 직접 전화하겠다고 말한 뒤 카페를 나왔다. 좀 더 앉아 있다가는 무슨 말을 할지 나 자신도 알 수 없었다.

그의 자서전을 써보려고 하면 그가 했던 말들이 훼방을 놓았다. 왜 시를 쓰는 남자라면 미숙할 거라고 생각합니까, 하고 묻던 그의 말에 얼굴이 달아올랐다. 마지막 날 그를 만나던 순간부터 헤어지는 지점까지 시나리오 콘티를 짜듯 기억을 더듬었다. 그가 지적한 글 내용뿐만 아니라 분명히 실수한 부분이 있을 거라고 생각했다. 술은 시키지 말았어야 했던 것일까. 그러나 그날 그와의 술자리는 오랜 지기를 만난 듯 기분 좋은 시간이었다. 그 정도의 치기는 부릴 만했다고 생각했다. 각자 서로 본 영화며 읽었던 책, 등산과 여행 다녔던 이야기를 하는 동안 나도 모르게 술잔을 비웠다. 술이 조금 과했는지도 모른다. 낮에는 노트북을 펼치고 앉았다가 틈만 나면 그가 불렀던 노래를 크게 틀어놓고 들었다. 글 쓰다가 막히면 그 노래를 듣다가 잠든 날도 있었다. 산책길에 가사를 거의 다 외운 그 노래를 부르기도 했다.

"생각해보니 초등학교 때, 백일장에서 시로 상을 받은 적이 있었어요. 중 고등학교 때 숙제로 제출한 독후감으로 칭찬을 받기도 했고요…."

'기찻길'에서 두 동이 째 동동주를 시킬 때, 그가 한 말이다. 그동안 그에게서 들었던 얘기만으로 혼자서 소설 같은 자서전을 쓰기에는 턱없이 부족했다. 그냥 소설을 쓴다는 생각으로 조금씩 써나갔다. 그에게 보여주지 못해도 상관없다고 생각했다.

4대강 공사 이후 당근밭 자리에 조성한 강변공원으로 접어들었다. 캠핑장을 지나 자전거를 타고 줄지어 가는 사람들을 기다렸다가 정자가 보이는 주차장으로 차를 몰았다. 입구에서 다섯 번째 벤치에서 의뢰인을 만나기로 했다. 주차장 양옆으로 나무벤치 여섯 개가 띄엄띄엄 강을 향해 놓여있다. 정자 기둥 사이로 강 건너 황산이 물안개에 가려 흐릿했다. 등산복 차림의 예순 남짓한 남자 두 명과 여자 한 명이 정자 그늘에서 음식 먹는 모습이 눈에 들어왔다. 정자에서부터 벤치를 하나둘 세어갔다.

  오늘 그와의 만남은 석 달 만이다. 며칠 전에 내린 첫서리로 강변은 온통 누랬다. 먼발치서부터 눈에 띄는 물건이 있어 벤치로 다가갔다. 마음에 드는 수첩을 샀었다는 그의 말이 떠올랐다. 수첩을 손에 들고 주변을 살폈다. 한데 엉킨 억새꽃과 갈대꽃이 되받아치는 오후 햇살에 눈이 부셨다.

서술어 사전, 펠롱

제주도에서 한라산이 보이지 않는다면 한라산에 들어가 있다는 뜻일까요. 백날 혼자 제 속을 들여다봐서는 결코 자신을 알 수 없는 것처럼 말이에요. 곶자왈을 다녀왔어요. 몇 년에 걸쳐 여러 번 시도했지만 어떤 힘이 작용한 것처럼 내 발길을 허용하지 않던 곳이었어요. '탐방로 입구' 표지판을 확인하고 숲으로 들어섰을 때 있잖아요, 단지 한 발짝 들여놨을 뿐인데, 정말, 말 그대로 딱 한 발짝 옮겼을 뿐인데, 다른 차원의 세계로 들어섰다는, 다시는 이전의 세상으로 돌아갈 수 없을 것 같은 느낌, 그건 당신을 만난 그 순간과 어쩌면 다르지 않다는 걸 깨달았어요.

그날 당신을 만났을 때, 아니 당신과 헤어졌을 때, 당신도 그랬을 거라고 확신해요. 그 동네에 작업실을 두고 있는 당신이라면 내가 무슨 말을 하는지 짐작하고도 남을 거로 생각해요. 용암이 식을 때 부서지지 않고 판형으로 남아있는 지형이죠. 물이 빠지지 않고 고여 다양한 생명을 길러내는 그 숲에서 다른 누군가를 생각할 수는 없다는 사실을. 나무와 바위와 풀과 이끼가 거대한 하나의 생명체로 숨을 쉬고 있는 그곳. 도토리가 열리는 종가시나무와 참가시나무 가지 사이를 옮겨 가며 천천히 긴꼬리딱새가 날아갔어요. 새를 눈으로 좇다 사람의 발길이 닿지 않은 고사리 군락지와 잎 덩굴과 작은 이끼 식물이 뒤덮고 있는 바위가 마치 신화 속 짐승인가 싶어 흠칫 놀라 뒤로 한 발 물러섰죠. 자칫하면 지나치기 쉬운 부스럼 같은 숲속의 텅 빈 늪을 쳐다보느라 걸음을 멈추고도, 도틀굴의 시커먼 속을 들여다보면서도, 숯막 주위를 서성이며, 상돌 언덕 계단을 밟고 올라가 어디까지 바라다볼 수 있을까 살피면서도 당신 생각은 하지 않았어요.

먼물깍에서도 당신을 생각한 건 아니에요. 그곳은 어떤 깨달음처럼 환한, 물이 아니라 초록의 빛이 고여 있는 연못이었어요. 연못 중심부 깊숙이 들어갈 수 있는 길의 잔돌과 눈에 띌 듯 말 듯 작은 풀꽃이 신발 신은 발바닥 아래에서 낮은 비명을 내지르는 걸 느낄 때, 내 몸이 당신을 기억해내고 말았어요.

  대중목욕탕에서 때를 밀고 옷을 입으면 피부가 오소소 일어서듯, 누군가의 두 팔이 내 몸을 부드럽게 감싸 안는 그 촉각에 잠시 숨을 쉴 수가 없었어요. 난 그게 무엇을 말하는지 단번에 알아차리지는 못했어요. 그저 이전에도 받았던 느낌만 떠올렸어요. 오래전 첫사랑 선배와 밤을 함께 보낸 다음 날, 버스에서 오르내리는 사람들이 스쳐 지나갈 때마다 느꼈던 그때처럼. 그 촉각이 어지러울 정도로 나를 괴롭히고 있어요. 당신은 어떤가요?

  먼물깍을 전환점으로 삼아 탐방로를 돌아 나오는 길에 심한 허기로 다리가 후들거렸어요. 계획 없이 나선 길이라 물은 물론 간단한 간식거리조차 없었거든요. 얼마나 걸어야 이 길이 끝날까 그것만 생각했어요. 시작하자마자 끝을 내고 싶은 그런 일처럼요. 이정표의 거리와 허기의 정도가 반비례를 이뤄 배경 흐림으로 숲은 사라지고 길바닥만 보고 걸어 나왔어요. 식당 계산대에서 결제하면서 과식했구나, 가게 미닫이문을 힘겹게 밀면서 만두를 다 먹지 않고 남겨서 싸달라고 하길 잘했다고 생각하며 문을 닫고 가게 마당을 내려서는데, 맞은편 골목길이 갑자기 나타난 것처럼 눈에 들어왔어요.

사실 골목길이라기보다는 숲길에 가까웠어요. 띄엄띄엄 모습을 드러내는 제주 특유의 낮은 지붕에 잘 손질된 마당이 있는 집들로 봐서는 오래된 마을이 아니라 외지인의 별장으로 이루어진 곳인가 보다는 생각이 들었어요. 어느 집을 지나칠 때였어요. 여러 여자의 떠들썩한 음성과 웃음소리에 저절로 발걸음이 멈춰졌어요. 낯익은 웃음소리였어요. 정낭 모양의 쇠막대 세 개가 걸쳐진 대문 너머로 집 안을 살폈어요. 마당 뒤 작은 건물의 넓은 창으로 보이는 실내는 큼직한 식탁과 의자만 보일 뿐 사람은 보이지 않았어요. 길가 담을 따라가 보니 앞 건물 뒤편에 지붕 높은 건물이 한 동 더 보였는데, 아마도 거기서 나는 소리 같았어요. 분명 당신 웃음소리라는 생각이 들었지만 차마 대문을 두드릴 용기는 나지 않았어요. 한참을 서 있다가 가던 길을 더 걷기로 하고 발걸음을 옮겼어요. 휘파람새 울음소리가 나무 그늘에 고여 있던 적막을 흔들고 사라지고 어둑한 골목길 또한 흐릿해 앞으로 걷고는 있지만 내 몸은 점점 뒤로 물러나는 것만 같았어요.

"우울증에 시달리는 사람에게는 소고기와 과일이 특효

약이 될 수도 있대요."

 누가 한 말인지 기억하세요? 그날 추리소설가는 화법이 참 독특했어요. 마치 자신이 말을 하는 게 아니라 다른 사람의 말을 듣는 사람처럼 커다란 접시에 놓인 음식을 한 가지씩 집어 자신의 앞 접시 위 라이스페이퍼에 얹고 노련한 기술자처럼 젓가락으로 멍석말이하듯 반듯하게 또르르 말면서 말하는 모습이 신기해서 바로 옆에 앉아 있던 나는 그가 하는 말의 내용보다 그의 먹는 모습에 점점 더 집중하게 되었던 것 같아요. 세 명씩 서로 마주 보고 앉은 자리에서 당신은 내 옆 한자리 건너에 앉아 있어 잘 보이지 않았고 별로 말이 없어 처음 얼마 동안은 당신의 존재를 의식조차 못 했어요.

 "소고기는 몸의 에너지를, 과일은 정신의 에너지를 충전시켜 준다는 거죠."

 평소 육고기를 잘 소화하지 못해 거의 채식주의자 마냥 음식을 섭취하는 우울한 나는 어떤 음식을 먹어야 하나, 생각하며 나도 라이스페이퍼를 물에 적셔 불린 뒤 앞 접시에 펴서 빨간피망 조각, 초록피망 조각을 얹은 다음 더 얹을 게 뭐 없나 식탁 위를 살피다가 연어 한 조각을 올려서 마는데, 추리소설가 만큼 잘 말리지 않아 당황했어요. 사람들 앞에서 서툰 모습을 들키고 싶지 않았거든요. 동그란 라이스페이퍼에서 빠져나오는 피망 조각을 가까스로 도로 집어넣은 다음 젓가락 대신 손으로 말아서 한입 가득 넣다가 당신과 눈이 마주쳤을 때 뱉어내지도 욱여넣지도 못했지요. 당신은 나를 쳐다본 게 아니라 내 옆에 앉아 연애의 기술에 관해 이야기하고 있던 추리소설가를 바라보던 중이었을 거예요. 당황해하는 나와 달리 당신은 내게 잠시 머물렀던 눈길을 곧바로 추리소설가로 향했으니까요.

  다음 날 그 집을 빠져나와서, 아니 도망쳐 나왔다는 게 맞는 말일 거예요. 밭담 아래 쪼그리고 앉아 마구 토악질을 해댔어요. 토악질하다가 고개를 들면 만리장성보다도 더 길어 흑룡만리라는 밭담이 정말 여러 마리의 검은 용이 되어 꿈틀거리며 내 입속으로 뛰어들 것 같았어요. 고통스러운 구토는 위장을 제대로 채우지 못했음을 증명해주었고 시큼한 위액이 목구멍과 콧속을 훑고 지나가자 찔끔찔끔 눈물이 나왔어요. 버스 정류소 의자에 앉아 술기운이 빠져나간 자리에 몰려드는 한기와 쓰라린 위장을 두 팔로 부둥켜안고 간밤의 기억을 떠올리기보다 얼른 따뜻한 곳으로 가서 누울 수 있기만을 바랐어요.

 길 숲 풀벌레 울음소리가 달라졌어요. 체류 예정이었던 두 달간의 시간이 막바지에 이르렀다는 거지요. 이곳 제주문학관 창작공간 입주 작가로 올 때, 두 달 동안 오로지 글쓰기에만 집중할 생각이었어요. 문학관 쉬는 날에 하고 싶은 일로는 몇 년 전 오름에 미쳐 돌아다닐 때 좋았던 곳 다시 가보기와 동네 서점 찾아보기였어요.

 지난 일요일, 문학관에 입주하는 동안 신세를 지게 된 집의 동거인과 구도심의 해산물이 싱싱한 집에서 점심을 먹고 소화도 시킬 겸 산책하다가 서점을 발견했어요. 헌책방이었는데, 지하 서점은 휴점이었고, 2층 갤러리에서는 '책갈피 전시회'를 하는 중이었어요. 책갈피 사이에 끼우는 소품을 만들어 전시하는 줄로만 알았는데, 그게 아니었어요. 헌책방 주인의 손에 들어온 책 중에서 유명인이거나 유명인과 관계된, 아니면 오래된 책의 갈피 사이에 끼워져 있던 소장자의 흔적에 관한 전시였어요. 이십 대에 내가 좋아하던 문학잡지 창간호를 찾아 헌책방을 돌아다니며 수없이 본 것들과 크게 다르지 않았어요. 사랑을 고백한 쪽지, 바랜 사진, 종이돈, 편지 등을 보여주며 사연을 들려주는 책방 주인의 푸른 윗옷이 땀에 젖어 검푸른색으로 변해갔으나 그는 더위를 잊은 사람처럼 설명에 열중해 있었어요.

출입문 입구 전시대를 지나 다음 전시대 전시물 중에 방문객이 함부로 만지지 못하게 비닐 포장된 책 한 권을 책방 주인이 조심스럽게 꺼내서 옆에 서 있던 우리 둘에게 보여주었어요. 조선시대 선비의 책인데, 일본으로 건너갔다가 다시 헌책방 주인의 손에 들어온 책으로 책이 귀중본이라서가 아니라 책 속에서 발견된 종이 한 장 때문이었어요. 그 종이를 펼쳐서 보여주었는데, 글쎄 후후, 춘화였어요. 주인장이 종잇장을 펼치며 조금 빨라진 말의 속도로 일본의 춘화가 아니라 우리나라 선비가 그린 그림이라며 그림 한 부분을 손가락으로 가리켰어요. 두 사람 모두 옷 하나 걸치지 않았지만, 남자는 상투를 여자는 쪽을 진 머리만으로도 조선의 남자와 여자라는 사실을 강조하던 주인장이 "점잖은 선비들도 공부하다가 무료하면 때로는 이렇게 스스로 춘화를 그리기도 했다"라며 쑥스러운 듯 웃으며 말했어요.

성행위에 관한 얘기를 하는 건 부끄러운 일일까요. 어쩌면 성인들에게 있어서 뭣보다 자연스러운 얘기가 아닐까요. 20대 때는 여, 성이라는 게 무척 거추장스러웠어요. 자랄 때 내륙지방에서는 귀했던 김 한 조각도 할머니는 "가시나가 첫 숟갈부터 끝 숟갈까지 김하고 묵을라카노!"라는 말로 밥상 교육을 했고, 대학에 간다고 했을 때도 "가시나가 무신 대학이고!"라며 아예 말도 못 꺼내게 했거든요. 대학의 예비역이라는 나이 많은 남자들이 그들 눈에 거슬리면 "막내 동생뻘 되는"이라는 말로 상대조차 안 하려고 할 뿐만 아니라, 청바지에 볼펜으로 긁적거린 걸 보고는 "가시나가 돼가지고"라는 말을 서슴없이 할 때였어요. "막내 동생뻘일지는 몰라도 당신 동생은 아니지 않느냐"고 대들기는 했지만 부질없었어요.

남자인 선배가 여름 방학 동안 무전 여행하다시피 전국일주를 하고 왔다며 시커멓게 그을린 얼굴로 말했을 때, 만약 나라면 어땠을까? 여, 성인 나로서는 엄두도 못 낼 일이었어요. 물론 핑계이거나 변명이지 않으냐고 따진다면 궁색하지만 "우리 때는 그랬어." 밖에 대답할 말이 없겠지요. 여성성이라고는 거의 내비치지 않는 그런 날 좋아하는 남자들도 꽤 있었어요. 왜지? 왜 날? 남자들이 날 좋아하는 건 이상하게 여기면서도 난 나대로 남자, 선배를 좋아했고, 오랫동안 간직했던 짝사랑에 가까운 그 감정을 첫사랑의 기념비로 세워둔 걸 보면 이율배반적인가요, 후후.

  숙취로 인한 심한 구역질 때문에 환승 정류소까지 버티지 못해 아무 정류소에서 내리기도 하고, 갈아타느라 번갈아 버스를 바꿔 타가며 집으로 오자마자 이불 속으로 들어갔어요. 동거인은 육지로 가고 혼자여서 다행이었지요. 혼절하듯이 잠이 들었다가 악몽에서 깨어나듯 눈을 뜨면 화장실로 달려가 변기를 부여잡고 토하고 정신이 들 때마다 퀭한 눈을 질끈 감아야만 했어요. 동거인이 돌아와 김칫국을 끓여주며 먹고 해장하라고 했지만 쳐다보기도 싫었어요. 그런 내 꼴에 기가 막혔는지 한숨을 내쉬던 동거인이 편의점서 숙취해소제를 사 왔더군요. 숙취해소제를 먹고 한숨 자고 일어났더니 신기하게도 속이 진정되더군요. 숙취해소제의 위력에 몇 번이나 감탄하며 김칫국으로 해장하여 몸은 겨우 추슬렀으나 정신은 감당이 되지 않았어요. 차라리 숙취로 정신 못 차릴 때가 더 나았다 싶어질 정도였어요.

  식사 자리를 겸했던 술자리는 길어졌고, 추리소설가가 술자리 옆 방 오디오 앞에 쭈그리고 앉아 선곡을 고민하고 있었던 게 기억나요. 그의 선곡들이 꽤 수준급이었던 것 같은 데 딱히 오르는 곡은 없어요. LP음반을 집어 들기도 하고, 음악 CD를 들추기도 하던 그에게 차라리 우리의 음악을 노래하자고 제가 먼저 제안한 것 같은데… 그럴 거예요. 노래방 기기 없이도 노래를 부르던 시대가 좋았지 않았냐, 돌아가며 부르자, 자기 차례에 부르지 못한 사람에게 벌칙을, 마지막까지 살아남은 사람에게는 상을 주자고 했던가요. 무슨 노래를 불렀는지 기억나지 않는다고 동거인에게 말했더니, 뻔하지, '상주모내기'로 시작했겠지, 하더군요. 그랬나요? 암튼 처음 불렀던 노래는 기억나지 않지만, 술자리 분위기는 막바지에 접어든 것 치고는 흥분이 최고조에 달했고, 무엇보다 그때 당신과 나는 서로를 그제야 알아본 사람처럼 마주 보고 웃었다고 생각해요.

  두 개의 성, 남성과 여성의 차별은 화장실에서만 필요하다고 생각하던 때가 있었어요. 대학 졸업 후 선후배,

그중에는 내 첫사랑 그 선배도 있었어요. 선후배가 어울려서 갔던 학사주점에서였어요. 화장실은 문을 열고 들어가면 또 다른 문이 달린 곳이 여자용이고, 문 달린 곳 옆에 남자 변기만 있는 그런 곳이었어요. 당시 학사주점 대부분이 그랬던 것 같아요. 볼일을 다 보고 나가려는데, 누군가 들어섰고, 오줌 누는 소리가 들리는 걸로 봐서는 남자구나 싶어 숨죽인 채, 문고리를 꽉 잡아당기며 남자가 나가기를 기다리고 있었어요. 남자의 오줌 소리가 끝나는가 싶더니 갑자기 "흐흐흐…"하는 웃음소리가 들리지 뭐예요. 마치 내가 숨죽이고 앉아 있는 걸 알고 있다는 듯이 말이에요. 재학 당시에 학교 아래 학사주점 화장실에서 강제 성추행당한 같은 과 동기 여자애 일도 있었고, 무엇보다 본능에 가까운 위협이었어요. 그 일은 마치 악몽처럼 기억됐고, 지금까지도 남녀 공용 화장실은 진짜 급한 경우가 아니면 사용하지 않아요.

 왜 밑도 끝도 없이 이런 얘기를 늘어놓냐고요? 나이 어린, 여자로서 받은 대접이 어른, 남자에 대한 저항 또는 불신이 되어 빙하처럼 내 속에 자리를 잡아가고 있는 걸 나 자신도 몰랐다고 얘기하고 싶어서인가 봐요. 그런 맥락, 맥락이 전혀 다르다고도 할 수 있겠지만, 아무튼 그리스·로마 신화를 다 읽어내지 못했어요. 그리스·로마 신화를 알아야 서양 문학을 제대로 이해할 수 있다는 어떤 선배의 조언에 여러 번 시도했으나 결국 완독하지 못했어요.

  이곳 제주에는 아주 많은 신들이 살던 곳이더군요. 당堂집에서 모시고 있는 당신堂神 중에는 여신이 차지하는 비중이 남신보다 두 배 이상 높다고 해요. 제주의 신들은 애초에 신으로 태어나기보다 인간으로 태어나 신이 되는 경우가 많은데, 〈자청비 신화〉에는 자청비가 남장하는 이야기가 나와요. 자청비가 사랑하는 사람인 문 도령과 함께 공부하기 위해 남장을 하고, 서천 꽃밭에 갈 때도 남장해서 그 집의 사위가 되기까지 해요. 버지니아울프도 말했지요. "육체는 두 성으로 나뉘지만, 정신은 둘 모두를 가질 수 있다. 각자의 정신 속에 있는 두 성은 뒤섞여서 완전무결함과 창조력을 기르기 위해 협력한다."라고. 그리스 신화에서 신들에 의해 남녀 한 몸이 된 헤르마프로디테와는 달리 자청비는 여자이면서 남자 역할을 한 셈이지요.

그날이 하지夏至 밤이었다는 걸 아셨어요? 많은 일이 일어나기에는 짧은 밤이었어요. 우리가 서로를 알아보는 데는 긴 시간이 필요한 건 아니었지만요. 하짓날 밤이어서 그랬는지 밤이 깊어지는 게 아니라 저녁 시간이 오래 지속되었던 것 같아요. 추리소설가가 '명태'를 불렀던 것만은 확실하게 기억해요. 언제였는지는 모르지만, 그 노래를 처음 들었을 때부터 매료되어 술자리에서 더러 불러 보려고 시도했지만, 도무지 내 목성에는 어울리지 않았던 노래였거든요. "…어떤 외롭고 가난한 시인이 밤늦게 시를 쓰다가 쇠주를 마실 때 카~" 부분에서 우리 모두 자신들 앞에 있던 술잔을 채워 입안으로 털어 넣었죠. 그 마지막 한잔이 마구 들이킨 21년산 발렌타인과 화요와 한라산과 칭다오와 생 막걸리의 본색을 건드리지 않았나 싶어요. 사실 노래의 그 부분이 아니라 "…명태 흐흐흐 명태라고 흠 흐흐흐 쯧쯧…" 때문이었는지는 모르겠어요.

숙취에 시달리던 다음 날, 그날 입었던 옷가지들을 손빨래하다가 덧버선 바닥에 짙은 초록으로 물든 풀물을 보자 얼굴이 화끈거리고 어지러웠어요. 단지 숙취 때문만은 아니었어요. 묻지 않는 말은 하지 말자고 그리 다짐하며 사람을 만나지만 그 자리에서 제가 아무도 묻지 않은 얘기를 털어놓았죠. 글을 쓰지 않았다면 춤을 췄을 거라고.

"어디, 그 춤 솜씨 한 번 봅시다."

소리 나지 않게 웃거나 낮고 부드럽게 말하던 당신이 한 말이라고는 믿을 수 없을 만큼 우렁찬 부추김에 일어나지 않을 수가 없었어요. 후, 당신의 부추김이 아니더라도 기어코 춤을 췄을 수도 있었어요. 추리소설가에게 '진도아리랑'을 찾아 틀어달라고 말하며 마당으로 내려섰지요. 음악이 나오기를 기다릴 새도 없이 입으로 노래를 부르며 춤을 추기 시작했어요. 노래랄 것도 없이 입에서 나오는 대로 읊어 댈 뿐이었고, 취기에 몸을 곧추세우기도 힘들었던 것 같은데, 술자리에서 "잘한다!"라는 응원의 목소리와 박수가 쏟아졌고, 어느새 내 곁엔 당신이 있었어요. 당신의 보일 듯 말 듯 한 어깨춤만으로도 손님인 우리는 멋진 한 팀이었죠. 구경꾼의 처지에서는 찢어진 청바지에 흰 티셔츠 차림의 나보다는 등나무꽃 같은 연보라 치마에 미색 저고리의 멋스러운 생활한복이 썩 잘 어울리던 당신이야말로 사실 더 춤꾼다웠을 거여요.

집에서 문학관까지는 비록 버스정류장 두 개 정도의 거리지만 출근할 때는 버스를 타고, 퇴근할 때는 걸어요. 퇴근길에 날이 더운데다 노트북이 들어있는 가방을 짊어지고 걷다 보면 숨쉬기가 힘들어 마스크를 벗을 때가 있어요. 맞은편에서 마스크를 벗고 오던 운동복 차림의 여자가 내 얼굴을 보더니 잽싸게 마스크를 쓰는 게 보였어요. 마스크를 벗은 얼굴은 마치 숨겨야 마땅한 것을 드러내놓은 것처럼, 민낯을 사람들 앞에 내놓는 게 영 불편해졌어요. 코로나19 바이러스의 전염성 때문이 아니라 각자 가진 어떤 부끄러움이 그 이유가 된 것만 같아요. 마스크 쓰지 않은 사람의 얼굴을 보면, 아는 사람인데도 알던 얼굴이 맞나 의심이 들기도 하고요.

얼굴보다 숨기고 싶은, 없었던 일로 만들고 싶은 사건들이 있지요. 세수하다가 거울 속의 내 얼굴을 똑바로 쳐다보는 것조차 부끄러운, 손거스러미 같은 일들. 당신은 어떤가요? 숨기고 싶은 일들이 늘어날수록 새로운 인연을 만드는 걸 꺼리게 돼요. 내 나이만큼의 장미 송이 꽃다발을 준 그녀도 그래요. 여고 시절도 아니고, 서른이다 돼 갈 무렵에 만난 우리는 죽이 잘 맞았어요. 직장이 달랐는데도 매일 같이 퇴근 후에 만나 시내를 돌아다녔는데, 지금 생각해보면 어떤 것들이 서로를 매료시켰을까 궁금해져요. 그렇게 붙어 다니다가 술자리의 말다툼 한 번으로 그만 연락이 끊어져 버렸어요. 무슨 말들이 오갔는지는 기억나지 않고 술을 잘 못 마시던 그녀보다 술자리에서 제2의 인격이 튀어나오는 내 잘못이 컸다는, 그때의 기분만 기억하고 있어요. 내 인생의 첫 꽃다발을 준 사람을 그렇게 잃어버린 일이 오래도록 나 자신을 부끄럽게 했어요. 당신처럼 자기표현이 적은 사람들은 나 같은 실수, 혹은 일을 저지르지는 않겠지요?

그날은 밤안개가 자욱하니 내려앉은 무척 후텁지근한 밤이었는데, 어느 순간 한기를 느끼고 눈을 떴던 것 같아요. 얇은 여름 홑이불 속에 당신과 내가 알몸으로 누워 있다는 사실에 놀라 도로 눈을 감고 자는 척했지만, 숨소리조차 낼 수 없었어요. 곧 당신이 대문 밖으로 사라지는 걸 기척으로 확인한 뒤, 나 역시 순식간에 잠자리를 정리하고 뒤따라 나섰어요. 대문을 나섰을 때 당신은 이미 어느 방향으로 갔는지 보이지 않았고요.

금지禁止. 저는 금禁하는 걸 금禁하지 말勿라는 물금에서 왔어요. 사는 동안 지키지 않아도 살고 죽는 일과는 아무 상관없는 금기들. 여자가 되기 위해 하지 말아야 할 것들도 참 많았어요. 골목 하나로 윗동네 아랫동네로 나누던 우리 동네에서 우리 집은 아랫동네에 속했는데, 같이 소에게 풀을 먹이러 가던 아랫동네의 아이들은 죄다 남자아이들이고 여자아이는 저 혼자일 때가 대부분이었어요. 늘 가던 곳인 야산 언덕에는 키 큰 소나무가 한 그루 있었죠. 나무 꼭대기에 올라가면 면내 가장 마지막 동네인 우리 동네는 물론 저 멀리 면내 마을들이 부채처럼 쫙 펼쳐져 보였어요. 나무 꼭대기에 올라가 있기를 좋아했던 내게 "선머슴아이처럼 나무 타는 걸 좋아하는 넌 여자도 아니다!"라고 놀리다가 제 주먹 한 방에 코피를 흘린 후 슬슬 피하던 동네 남자아이도 있었어요. 대학 때 금서를 몰래 복사 제본해서 돌려본 적이 있어요. 한 문장에 조사와 종결형 어미 외에는 거의 한자로 돼 있던 문학개론서였어요. 그땐 책 내용과는 관계없이 월북 작가라는 이유만으로도 금서로 지정됐던 거 혹시 기억하세요? 금서를 소장한다는 비밀스러움, 금기를 깰 때 느꼈던 그

소름 돋던 뜨거움.

"어떤 글을 쓰고 계시는가요?"

아, 그날 당신이 내게 말을 걸었던 첫 물음이 방금 생각 났어요.

"글을 쓰기보다는 서술어를 모으고 있다는 말이 더 맞을 것 같은데요."

내가 하는 말이 나 자신도 무슨 말인지 분명하지 않은 대답이었는데, 당신은 내 말을 나보다 더 잘 알겠다는 듯이 고개를 끄덕였어요.

사실이었어요. 문학관 입주 작가로 올 때, 결심한 건 쓰다 만 장편소설을 어떻게든 완성해보겠다는 가열 찬 의지였어요. 제주문학관 창작실, 한라산의 책상에 앉은 첫날 어쩌면 쓸 수 있을 것도 같았어요. 노트북을 꺼내어 쓰다가 멈춘 소설을 처음부터 다시 읽어나갔어요. 조금씩 수정도 하고, 쓰다 만 부분에서 몇 줄을 이어서 쓰다가 막히면 가져간 책을 들고 창가에 서서 읽으며 하루를 보냈어요. 그렇게 비슷한 패턴으로 며칠을 보냈어요. 쓰던 소설을 처음부터 다시 읽어나가고 어색한 부분은 수정하고 더 적절할 것 같은 단어로 바꾸다가 보니 문장의 서술어가 자꾸 거슬리기 시작하는 거여요.

　중학교 2학년 영어 수업 시간에 문법에 막혔던 것처럼 말이에요. 기본을 배우는 1학년 영어는 그런대로 할 만했어요. 2학년에 올라가면서가 문제였어요. 문법 수업이 본격적으로 시작된 거죠. 명사와 동사, 형용사는 그 한자의 뜻풀이로 대충 짐작이 됐어요. 그런데 부사, 관형사, 용언, 체언, 문장의 제5형식 같은 건 말의 뜻부터가 잘 와 닿지 않았어요. 부사만 해도 그래요. 우리말의 부사도 구분하기 어려운 판에 영어에서 그런 품사를 모르고는 수업을 따라갈 수가 없었어요. 선생님은 품사의 이름에 대해서는 따로 설명하지 않았고, 학생들이 당연히 알고 있을 거라는 전제하에 문법 수업을 진행했기에 기본도 모르는 학생이 될까 봐 묻지도 못한 채 책상 아래 숨긴 만화책을 읽고 있었어요. 한참 만화에 빠져 있다가 고개를 들었더니 선생님과 아이들의 시선이 모두 제게로 향해 있었어요. 선생님의 손짓으로 만화책을 교탁 위로 가져다 놓고 내 자리에 앉았을 때, 선생님이 영어 교과서의 펼쳐진 페이지, 읽어볼 사람? 그러더군요. 번쩍 손을 들었어요. 교실을 둘러보던 선생님의 표정이 묘하게 일그러지더니 당연히 날 시켰어요. 만화책에 빠져 있었던 나는 왜 그날 본문을 읽겠다고 손을 들었는지 지금도 모르겠지만, 암튼 수업을 마친 선생님은 압수 물품인 만화책을 그대로 교탁 위에 두고 갔고, 반 아이들이 날 쳐다보는 눈빛에 오히려 우쭐해지기도 했어요.

그때부터 애먹였던 문법은 대학에 가서야 비로소 어느 정도 이해가 됐다는 게 말이 돼요. 국어문법 시간에 교수님이 품사를 우리말로 풀어주더군요. 명사는 이름씨, 동사는 움직씨, 형용사는 그림씨, 부사는 어찌씨… 이런 식으로요. 자모음도 그래요. 자음과 모음이라고 이름 붙인 이유도 모른 채 막무가내로 외우다 보니 매번 헷갈렸거든요. ㄱㄴㄷㄹ… 은 '닿소리', ㅏㅑㅓㅕ… 는 '홀소리'로 설명하니 단박에 알겠더라고요. 그래서 졸업 후 초등학생 방과 후 논술 지도교사를 하면서 가장 중요하게 생각했던 게 그런 기초적인 지식이었어요. 늘 막히는 건 그런 기초 지식일 때가 많지요. 옷 안에 부착된 라벨이 왼쪽이라는 것을 최근에야 안 것처럼.

이번엔 서술어가 그래요. "있었다, 했다, 갔다, 때문이다, 것이다, 모를 일이다, 일 것 같다, 말했다, 없었다…"

등의 서술어가 이음동의어로 보이기 시작했고 더 이상 글을 써나갈 수가 없었어요. 그래서 문학관 북카페 책장을 뒤지기 시작했어요. 처음엔 읽어본 적 있거나 좋아하는 저자의 책을 빼내 내 책상 위에 쌓아놓고 뒤적거렸어요. 내 키보다 훌쩍 큰 책장 두 개를 가득 차지하고 있는 소설책 중에 이름 정도 알고 있는 저자는 몇 안 되고, 대부분 들은 적도 없는 저자들의 소설책이라는 사실에 놀라고, 내겐 무명 작가인 그들의 소설책 두께에 놀랐어요.

그럼에도 불구하고 그들처럼 소설을 쓸 수밖에 없는 나는 그 소설들을 한 권씩 읽어나갔어요. 읽는다기보다 그림책을 보듯이 책장을 넘기며 문장의 서술어만 찾았어요. 내 글을 계속 써나갈 수 없듯이 다른 작가의 책들 또한 책 속의 서술어가 거슬려서 정독하기가 힘들었거든요. 그러다가 내가 미처 생각지도 못했거나 쓴 적이 없을 법한 서술어를 발견하면 필사하듯 서술어만 기록하게 됐어요. 그러면서 어렴풋하기만 했던 당신에 대한 내 감정이 조금씩 분명해졌어요. 내가 당신을 똑같은 서술어를 사용하지 않은 소설의 한 페이지를 찾아낸 것처럼 여긴다는 걸. 여동생이 말한 적이 있어요. "언니는 하여튼 사람이든 어떤 것이든 한 번 빠졌다 하면 끝장을 봐." 그 끝장이 정말로 끝나버리는 경우가 대부분이었지만 글쓰기, 소설 쓰기만은 이번 생에 진짜 '끝장'을 봐야겠다고, 그게 내가 사는 이유 중의 하나라고까지 여겼는데, 이렇게 서술어에 막혀서 앞으로 나아가지를 못하고 있는 이 상태는 가위눌림과 다르지 않아요.

당신의 그림은 어떤가요? 어느 지점에서 멈추게 되나요? 다시 만나게 된다면 묻고 싶은 게 많아요. 내 글쓰기도 그림에서 시작됐다고 볼 수 있어요. 만화책으로 책 읽기를 시작했거든요. 오빠가 빌려온 만화책을 돌려주기 전에 다 읽으려고 늦은 밤까지 이불속에서 손전등을 켜서 읽다가 어른들에게 혼난 적도 여러 번이었어요. 나는 만화책에 모르는 낱말이 나오거나 처음 보는 말이 나오면 오빠에게 물어보곤 했어요. 왜 그런지 그런 말들을 그냥 지나갈 수가 없었거든요. 한번은 무슨 말인지 몰라 묻는 내게 "넌, 몰라도 돼."라며 내 손에 있는 만화책을 빼앗아 가버리지 뭐에요. 화가 난 제가 어떻게 했는지 알아요. 오빠가 집에 없을 때 만화책의 그 페이지를 찾아 찢어버렸어요. 나중에 생각해보니 성적인 표현이었거나 사투리로 알고 있는 말이 표준어로 돼 있어서 몰랐던 것 같아요.

하루는 면내 만화방 주인 남자가 오토바이를 타고 우리 집에 나타났어요. 오빠가 만화책들을 반납하지 않아서 직접 찾으러 왔던 거였어요. 오빠는 옷장 속에 숨어 있다가 지붕을 타고 마을로 용케 도망갈 수 있었어요. 그 일이 어떻게 수습됐는지 생각날 때마다 엄마에게 물었는데, 엄마의 대답은 그때마다 달랐어요. 못 찾아서 배상했다고 했다가, 어른 두 서넛은 들어갈 만큼 큰 간장독에 숨겨둔 걸 나중에 불쏘시개로 썼다고도 했어요. 아무튼 그 후로 빌릴 수 없는 만화책을 보는 대신 내가 만화를 그리기 시작했어요. 그림 하나에 글을 잔뜩 적은 글 만화였지요. 그래서인지 지금도 글을 쓰다가 막히면 차라리 그림으로 그리면 어떨까 하는 생각이 들어요.

어쩌면 당신 그림의 선과 색을 보게 되면 질문이 필요 없을지도 모르겠어요. 당신을 다시 만나는 일은 없을지도 모른다는 예감은 숙취로 온몸을 떨며 버스를 기다리던 그 버스 정류소에서 이미 하고 있었던 것 같아요. 새로운 날이 시작되던 그 이른 아침, 발걸음 소리조차 내지 않고 떠나버린 당신의 뜻을 말이에요.

　요즘은 청년들에게 "남자(여자) 친구(애인) 있어요?" 라고 묻는 건 실례라더군요. 남녀의 성별도, 나이 차이도, 국경도 문제가 되지 않는 시대의 젊은이들, 그들이 중년이 된 삶의 풍속도는 분명 다르겠지요. 당신과의 만남으로 생기기 시작한 균열로 앞으로의 내 삶의 지형도 또한 달라지겠지요. 내가 가장 빛날 땐 다른 사람과 함께 있을 때라는 말을 들어왔어요. 사람들의 그 말을 제대로 이해했던 건 아니었어요. 난 사람들과 함께 있는 시간을 그리 썩 즐기는 편이 아니었으니까요. 그런데 그날 당신이 내 곁에 서서, 나와 함께 춤을 추며 보내던 시선에서 봤어요. 내가 무슨 말을 하는지, 내가 어떤 몸짓을 하고 싶은지 살피며 받아들이는 당신 눈에서 빛나는 나를 본 거에요.

　창작 공간의 내 방 창으로 밖을 내다보면 창 바로 아래 계곡의 바위틈에 자리 잡은 아까시나무가 하루에 몇 차례 있는 바람 한 점 없는 시간에도 일렁거리고, 교각 위 왕복 6차선 도로는 차들이 신호대기 중이거나 달려요. 다리 건너는 숲이고 숲 너머로는 한라산 자락이 보여요. 한차례 지나간 소나기로 능선이 선명하게 드러난 한라산 자락은 당신이 입었던 치맛자락처럼 일렁이고, 흰구름은 길게 그림자를 만들어요.

    문득 당신의 웃음소리가 들리던 그 집이, 어쩌면 당신 집인지도 모른다는 걸 이제야 깨달았어요.

*펠롱 : '반짝'의 제주 지방어.

오이 꼭다리 쓴맛, 호박잎 된장국

나는 다만 내게 일어난 일을 이야기하고 싶었다.

그 일은 몸의 통증 이전에 이미 시작되었다. 내 몸의 통증은 그녀가 세상을 떠난 그날 이후 일어난 일만은 아니다. 그 이전에도 몸, 특히 내 위장은 나뿐만 아니라 주위 사람들이 눈치 챌 정도로 자신의 존재를 알려왔다. 날숨과 들숨을 크게 내쉴 때면 '꾸르르' 소리를 내고, 빼빼한 몸매에 볼록하니 나온 배는 때와 장소를 가리지 않고 가스를 만들어 밖으로 배출하고 싶어 안달이었다. 그녀가 떠나고 난 그날부터 기습적으로 나타난 통증은 이전의 그 익숙한 통증과는 달랐다. 추웠다. 아직 여름 기운이 남아있는 선선한 초가을 날씨임에도 불구하고 엄청난 추위로 통증은 시작됐다. 추워서 한겨울 패딩을 입고 보일러를 켜고 돌침대의 온도를 올리고 머리카락이 한 올도 빠져나오지 않게 들어간 이불 속에서 웅크린 채 벌벌 떨 만큼 추웠다.

  일요일 밤, 남편이 운전하는 차를 타고 집에서 가까운 대학병원 응급실로 달렸다. 자정 무렵의 텅 빈 도로를 달리는 차 안에서 낮에 내과를 찾지 않고 미련하게 버티다 대학병원 응급실을 찾게 된 일을 후회했다. 아파트의 지하주차장을 나와서 다섯 번의 신호등을 지나는 동안 어둠은 도로 양쪽의 가로등 불빛과 대치상태였다. 어둠과 밝음이 서로의 경계를 허물기 위해 대치한 팽팽한 긴장감에 온몸이 더 떨렸다. 텔레비전 뉴스로 볼 때, 흰 방호복을 입은 사람들이 우주 공간을 유영하는 우주인처럼 보인다고 생각했던 것과는 달리 응급실의 그들은 마치 비밀작전이라도 수행하고 있는 듯 엄숙하고 조용하고 날렵하게 움직였다. 남편과 내가 입구에서 손 소독을 하고 두리번거리자 흰 방호복을 입은 사람 중에 한 명이 다가와 체온을 쟀다. 체온을 재는 그의 의심스런 눈빛을 향해 말했다. 열은 없어요, 너무 추워서 왔어요, 마스크 쓴 그의 눈을 보며 의심을 짐작해 말했다.

정상체온이 지구 곳곳의 출입문을 통과하는 필수 조건인 때인 만큼 흰 방호복을 입은 사람이 체온을 재는 동안 자칫하면 음압병실에 갈 수도 있다는 긴박감으로 가슴 두근거림 증상이 심해졌다. 흰 방호복을 입은 남자는 37도를 조금 웃도는 체온을 확인하고서야 응급실 입구에서 다음 칸으로 가는 문으로 안내했다. 유리문을 열고 들어서자마자 나타난 좁은 통로 벽에 바짝 붙은 길쭉한 작은 테이블에는 간단한 신상정보를 쓰는 출입명부가 놓여있었다. A4 용지 몇 장이 접혀서 뒤로 젖혀진 서류철의 빈칸에 이름과 주소, 연락처와 체온을 적은 뒤 다음 장소로 이동했다. 통로보다 조금 더 큰 공간은 흰 방호복과 흰 의사가운을 입은 사람들의 움직임이 부산스러웠다.

흰 가운을 입은, 흰 방호복이 아니라 흰 가운을 입은 남자가 성큼성큼 걸어와 응급실을 찾은 이유를 물었다. "옷을 여러 겹 껴입어도 추워요. …목에 뭐가 걸린 것처럼 답답하고 심장 뛰는 소리가 귀에 울릴 정도로 크게 들리고요." 말을 하는 그 순간에도 빠트린 내용이 없는지, 내 증상을 더 잘 전달할 수 있는 낱말이 무언지 생각했다. 상대방의 감정변화와 의도를 마스크로 가린 얼굴의 두 눈만으로 알아내기는 힘들었다.

"이곳에서 해줄 있는 게 없습니다. 목 시티를 찍어볼 수는 있지만, 어차피 결과는 내일 진료실을 통해서 확인할 수 있습니다."

대학병원인데도 아무것도 해줄 수 없다는 말에 나는 마음이 다급해졌다.

"입원이라도 하면 안 될까요?" 그날 밤을 집에서 보내는 것이 무서웠다.

"입원을 원하시면 2차 진료병원으로 가셔야 합니다."

그도 우리도 잠시 말을 하지 않은 채 가만히 있었다. 차라리 극심한 통증이라면 치료에 접근하는 방법이 훨씬 쉽지 않을까? 해열제가 필요할 정도로 고열도 아니면서 아무리 옷을 껴입어도 떨쳐버릴 수 없는 추위가 가져오는 불안과 공포가 응급실에서는 통하지 않았다. 당직의 말대로 차라리 준종합병원으로 가서 입원이라도 할까하는 생각이 들었다.

전염병은 흩어졌던 가족들을 집으로 불러들였다. 먼저 큰아들이 기숙사가 폐쇄될 때까지 버티다가 어쩔 수 없이 집으로 돌아왔다. 큰아들은 밤늦게 자고 오전 온라인 강의가 있는 날은 한낮이 되어야 자기 방에서 나왔다. 나는 큰아들에게 내 몸 상태를 어떻게 설명해야 할지 몰라 말하지 않았고, 큰아들은 엄마가 밤마다 잠을 못 자고 제대로 먹지 못하는 걸 알지 못했다. 대학병원 응급실에 다녀온 그 밤에, 큰아들이 자신의 방에서 나오며 물었다.

"어디 갔다 오시는 거예요?"

"대학병원 응급실."

"왜요?"

"어… 너무 추워서."

"좀 괜찮으세요?"

"응급실에서는 해줄 수 있는 게 없다 해서 그냥 돌아왔어."

"현관문 닫히는 소리를 듣고 나왔다가 두 분이 안 계셔서 놀랐어요."

큰아들은 방으로 들어가야 할지 그대로 서 있어야 할지 모르겠다는 듯이 어리둥절한 표정을 지었다.

뜬눈으로 밤샘을 하고 다음 날 나는 다니던 내과 의사

앞에 앉아 제발 살려달라고 말했다. 의사는 눈을 동그랗게 뜬 채 나를 쳐다봤다. 그는 꽤 소문난 의사다. 포털로 검색하면 내가 살고 있는 지역의 내과로서는 늘 상위권에 있고, 댓글의 반응도 좋았다. 얼굴이 통통한 남자 의사의 안경 안쪽 두 눈알이 금방 눈꺼풀 아래로 덮여버렸다. "살려달라니, 그게 무슨 말입니까?" 의사의 눈에는 어쩌면 내가 제정신이 아닌 여자로 보였을지도 모른다. 얼마 전 그녀가 떠났고, 그녀의 부고를 듣고 난 뒤 추워 떨며 잠을 한숨도 못 잔다고 말했다. 침대마다 커튼이 쳐진 수액실에서 링거를 맞고 수면제를 받아 집으로 걸어가는 길은 여전히 추웠다. 반팔 티셔츠를 입고 지나치는 사람들 속에서 칙칙한 겨울 패딩점퍼를 입고 잔뜩 움츠린 모습으로 걷고 있는 내 모습은 마치 서로 엇갈린 두 세계의 한 편에 있는 듯했다.

수면제는 두 시간 정도 잠을 자게 해주었지만 악몽도 꾸게 했다. 잠이 들었다가 악몽으로 깨어나기를 반복하며 밤을 보냈다. 낮에는 추워 떨다가 열기가 가라앉으면 설사를 했고, 추워서 떨다 보면 변비가 왔다. 다음 날 새벽에는 설핏 잠이 들었다가 금방이라도 이불에 실수를 할 것 같아 화장실로 달려갔다. 여태껏 내 몸의 기능 중에 가장 건강한 상태라고 자신했던 배변 활동이 말썽을 부리자 내 몸의 모든 부위에 의심이 갔다.

이틀 후 다시 다니던 내과로 가서 수액을 맞고 피검사 결과를 확인했다. 피검사 결과 갑상선기능저하증이라는 진단이 나와 갑상선 초음파 검사를 받았다. 의사는 갑상선에 혹이 하나 있다고 말했다. 한 번도 직접 본 적은 없지만, 핵폭발 때 솟아오르는 버섯구름처럼 솟아오른 갑상선의 혹을 의사는 컴퓨터 모니터로 보여주었다. 뜻밖에도 혹은 탄광의 갱도 같은 붉은 동굴 속의 또 다른 생명체였다. 혹의 당당한 그 모습은 나보다 더 내 몸의 주인처럼 보였다. "괜찮습니다. 앞으로 지켜보면 됩니다." 겁에 질린 내게 의사의 말은 아주 단호했다. 그가 보여주는 모습이 전문가다울지는 모르지만 괜찮아질 거라며 나를 지지해주는 느낌은 받지 못했다.

갑상선 호르몬제와 수면제가 담긴 비닐봉지를 들고 집으로 걸어가는 길은 여전히 추웠다. 진료실에서 아무래도 그녀를 떠나보낸 일에 대한 쇼크 때문에 각성 상태에 빠져 있는 것 같다는 내 말에 의사는 살짝 새된 목소리로 말했다. "쇼크라는 말 함부로 쓰지 마세요." 의사는 내게 환자다움을 기대했고 나는 그에 부응하지 못한 것일까? 집으로 가는 길에 의사가 하지 말라는 '쇼크'와 내가 말하는 '쇼크'가 어떻게 다른지 계속 생각했으나 알 수가 없었다.

    수면제는 두 시간 남짓 잠들게 했지만, 여전히 악몽도 꾸게 했다. 잠자기 위해 눕는 것부터가 악몽의 시작이다. 반듯이 누우면 심장의 두근거림이 더 심하게 전해졌고, 왼쪽으로 누우면 비염 탓인지 오른쪽 콧구멍 속과 오른쪽 머리 반쪽이 아렸고, 오른쪽으로 누우면 왼쪽 옆구리가 결렸다. 온몸을 이불로 감싸고 침대에 앉은 채 추위와 악몽에 맞서 날이 밝을 때까지 벌벌 떨다가 화장실로 달려갔다. 흰죽으로 끼니를 때우다시피 하는데도 화장실을 끊임없이 가는 일이 믿어지지 않았다.

    큰아들에 이어 작은아들이 집으로 돌아왔다. 군 복무하는 동안 너무 먼 거리를 핑계로 면회를 못 가고 있어 늘 마음이 쓰였는데, 결국 면회 한번 가지 못한 채 군복무를 마치고 돌아왔다. 작은아들은 전염병 때문에 나오지 못한 휴가일수를 군복무 날짜로 채워 예정보다 일찍 전역했다. 남편은 36개월 군 생활했던 일에 비하면 19개월은 그저라고 했고, 작은아들도 지낼 만했다고 선선히 인정했다.

큰아들에 이어 작은아들까지 집에 합류하자 남편과 둘이 지낼 때와는 모든 게 달라졌다. 포대 쌀이 줄어드는 속도가 빨라졌고, 전기요금이 올라갔고, 세탁기 돌리는 횟수가 늘어난 건 그나마 괜찮았다. 평소 주로 시간을 보내던 부엌 공간이 그들에게 점령당하자 나는 자기 영역을 잃은 짐승 마냥 하루 종일 집안에서 갈팡질팡했다. 안방은 밤의 악몽이 생생했고, 기울어진 거실 소파는 몸의 통증을 더 선명하게 만들었다.

남자 셋 여자 하나인 4인 가족이 함께 사는 일과 남녀 비율이 같거나 여성 비율이 높은 가정의 생활방식은 다를까? 나는 잠 못 자고 잘 먹지 못해 비실거리면서도 티 나지 않게 조심하며 집안일을 했다. 신을 양말이 없다, 입을 옷이 없어 외출을 못한다, 다른 반찬은 없냐는 두 아들의 말을 들을 때마다 내 몸이, 내 심장이 먼저 반응을 보였다. 나 또한 두 아들이 오고 나서부터 씻어도 금세 오줌으로 누렇게 얼룩진 화장실 변기를 보면 한숨이 나왔고, 부엌 개수대에 먹고 쌓이는 빈 그릇들이 머릿속에서 달그락댔다. 두 아들은 냉장고 문을 열고 섰다가 도로 닫은 뒤 라면을 끓여 먹거나 집 앞 편의점 음식을 사와 자기 방에서 먹는 일이 잦아졌다.

몸 상태가 좀 나은 날 반찬을 만들어보려고 냉장고 문을 열었다. 냉장고 안 선반은 크고 작은 저장용기들이 빼곡히 쌓여 어두컴컴했고, 야채 칸은 채 뜯지 않은 비닐 포장지에 걸려서 서랍이 한 번에 열리지도 않았다. 나는 도로 냉장고 문을 닫았다. 출생년도 끝자리에 맞춰 줄서서 마스크를 살 때 사둔 음식들과 그 이후에도 넉넉하게 사서 재어두다시피 한 것들이다. 한동안 방공호 생활을 하듯 지냈다. 아침 식탁에 앉으면 가장 먼저 하는 일이 휴대폰으로 '코로나19 확진자 현황' 검색이었다. 포털 검색창을 열면 맨 위에 항상 떠 있다. 전국 확진자 수를 확인하고 내가 살고 있는 지역을 찾아 몇 명의 확진자가 어디를 다녔는지, 오늘 하루 가족들의 이동 동선과 겹치지는 않는지 점검했다. 확진자가 많이 나온 날은 두 아들도 배달음식으로 하루 한 끼를 해결했다.

  갑상선 항체 검사결과가 나온 날이었다. "항체가 있네요. 항체가 있다는 건 앞으로도 문제를 일으킬 소지가 많다는 건데…." 의사의 말이 채 끝나기도 전에 어떻게 해야 하냐고 물었다. 상식적으로 항체라는 것은 내 몸을 위해 싸워주는 아군이 아닌가? 전년도에 바로 그 병원에서 간염에 대한 항체가 없다고 해서 세 차례에 걸쳐 예방 접종 주사를 맞았다. (그 후 간염 항체가 생겼는지는 여전히 확인하지 못했다. 그리고 나중에 갑상선 기능 이상은 자가면역질환이라서 항체가 적군이 된다는 사실을 인터넷 검색을 통해 알 수 있었다. 보다 전문적인 사실은 여전히 잘 알지 못하지만.) 의사는 컴퓨터 모니터에 얼굴을 그대로 둔 채 말했다. "괜찮다고 했습니다. 앞으로 지켜보면 됩니다." 지난번 '쇼크'라는 말에 대한 반응과 비슷한 어투였다. 나는 입을 꼭 다물었다.

  의사가 수면은 좀 어떠냐고 물었다. 간밤에는 수면제 복용 후 5시간 정도 잤다는 내 말에 "그 정도면 저보다 많이 자네요 뭐."라고 대꾸하는 의사의 입가가 거의 눈에 띄지 않게 실룩거렸다. "수면제 처방, 별로 좋아하지 않는데…." 의사는 오른손 안의 마우스로 테이블을 두어 번 탁탁 쳤다. 수면제 없이 잠들기를 기다리며 누워 있는 일은 꿈꾸지 않는 악몽이라고, 잠이 들려고 하면 가슴 두근거림이 발작적으로 일어나 눈을 번쩍 뜨기를 밤새 수없이 반복하고, 불을 켜고 앉으면 눈이 감긴다는 나의 절박함을 의사에게 어떻게 전달해야 할지 몰라 나는 의사 옆 환자 의자에 가만히 앉아있었다.

집으로 가는 길에 수면제 처방을 좋아하지 않는다는 의사의 말을 줄곧 생각했다. 의사가 좋아하지 않는 일을 하는 나는 내가 하고 싶은 일을 할 수 없는 상태에 놓여있음을 충분히 설명하지 못한 건 아닐까? 어떻게 하는 것이 서로에게 좋은지 생각해보려고 했으나 생각은 한가지로 이어지지 않고 여러 가지가 뒤엉켰다.

몸 컨디션이 조금 좋아지면 그녀의 죽음이 떠올랐다. 맞다. 더 이상 그녀와 카카오톡을 주고받을 수가 없지. 꼬막을 손질하다가도 전화를 걸어 "꼬막은 도대체 얼마큼 씻어야 돼?" 물으면 "흐…나도 잘 몰라."했고, 그녀가

"오늘 날씨 죽인다."라고 톡을 보내오면 우리는 어김없이 먹을거리를 잔뜩 챙겨서 강변으로 나갔다. 카카오톡을 열면 몇 사람 아래 그녀와 마지막으로 주고받은 대화 글과 내가 보낸 메시지들이 답 없이 그대로 있는데, 매일같이 주고받던 카카오 톡 대화를 더 이상 할 수 없다는 사실을 확인하는 것조차 두려워 대화창을 열어볼 수도 없었다.

그 해는 그녀가 유방암 진단을 받은 지 5년째 되던 때였다. 떠나기 2주 전에야 암세포가 온몸으로 퍼진 걸 알았고, 떠나기 열흘 전에는 거의 의식을 놓았다는 사실을 그녀의 남편으로부터 전해 들었다. 의식을 놓기 전까지 그녀는 얼마나 무서웠을까? 아니면 평소 즐겨하던 말처럼 '암씨랑치도 않게' 받아들였을까? 안방으로 들어가 가족들 몰래 혼자 컥컥 소리를 삼키며 울었다. 슬픔에 빠지는 것도 추위 떠는 것도 내 심장을 못살게 굴었다. 그녀가 이 세상에서 사라져버렸다는 사실을 사실로 받아들이는 것보다는 몸의 통증이 나은 듯했고, 몸의 통증이 심해지면 그녀가 저승길 친구로 나를 데려가려나 보다 했다. 그러다가 또 살만하면 그녀가 몸 제대로 챙기며 살라고 혼찌검을 내주고 가나보다는 생각도 들었다. 어쨌든 죽을힘을 다해 살고 봐야 하는 걸까? 그렇다면 왜 살아야 하는 건지, 왜 지금 죽을 수가 없는 건지, 이대로 죽는다면 챙겨야 할 것은 뭐가 있을까? 하는 생각들이 끊임없이 머릿속을 헤집고 다녔다.

지난여름, 그녀와 나는 자주 가던 강변 대신 시원한 그늘을 찾아 통도사에 갔다. 붉은 소나무의 몸통이 마치 춤을 추는 것 같아서 이름에 춤출 무舞를 붙인 무풍한송길을 지나 경내로 들어섰다. 절 마당의 하얀 모래가 김이 모락모락 피어오를 것 같은 땡볕이라 적당한 그늘을 찾아 경내를 지나치던 우리는 걸음을 멈췄다. 봉발탑이었다. 석가모니 부처의 발우를 미륵부처가 받들어 이어 받는다는 의미의 봉발탑은 수백 명이 한꺼번에 먹을 만큼 큰 밥그릇이었다.

"우와! 저 탑 보니 배가 다 고프네. 점심 먹은 지도 얼마 안 됐는데 말이야."

"얼른 그늘 찾아서 배 채우면 되지 뭐."

따가운 햇살도 아랑곳하지 않고 봉발탑 아래에 서 있는

그녀를 돌려세웠다. 사찰을 조금 벗어나 계곡이 내려다보이는 그늘에 앉아 우리는 가져간 간식거리를 먹었다. 그녀는 자신이 활동하고 있는 단체에서 일어난 일들과 쓰고 있는 시와 가족에 대해 이야기했고, 나는 쓰지 못하고 있는 소설에 대해 이야기했다. 그날 우리는 많은 말을 했고, 자주 소리 내어 웃었다.

스무 살 때 처음 그녀를 만난 날도 우리는 오래된 친구처럼 웃었다. 당시 월간 문예지에 연재중인 시인의 에세이에 둘 다 푹 빠져 있고, 지아조토의 '알비노니 주제에 의한 현과 오르간을 위한 아다지오'를 좋아한다는 공통점에 흥분했다. 비를 맞으며 함께 걸었고, 늘 지니고 다니던 수첩에 빼곡하게 뭔가를 쓰기 위해 필기구를 탐했고, 그녀는 시집을 나는 소설책을 사 모았으며, 다 말하지 않아도 깔깔거리고 웃을 수 있을 만큼 서로를 다 알아버렸다.

그녀의 장례식을 잘 치렀다는 소식을 이번에도 그녀의 남편에게 전화를 받고 알게 되었다. 그녀의 장례식 참석이 무서워서 못 갔다는 말은 하지 않았다. 전 세계를 공포로 몰고 있는 바이러스의 전염에 대한 위험과 나쁜 내 몸 상태를 핑계로 장례에 참석은 하지 않고 조의금을 보내기로 했다. 그녀가 떠나고 없는 이 마당에 조의금은 어느 정도가 적당할까? 그녀와의 친분을 돈으로 환산한 다면 얼마나 될까? 갈수록 사소한 선택 앞에서조차 어떠한 판단도 쉽지 않다. 살아생전 세상에 둘도 없는 친구처럼 지내놓고서 그녀의 가족에게 내 건강을 챙기는 걸로 보여질까봐 부끄러운 것이, 내가 겪고 있는 무서움보다 더 나은 변명인지 판단이 서지 않았지만 무섭다는 말은 하지 않았다.

그녀가 떠나고 2주 정도 지나자 집안에서조차 추워서 떨며 껴입었던 것들을 한 겹씩 덜어냈다. 패딩을 벗고 목에 둘렀던 목도리도 풀었다. 거실 소파에서 온몸을 둘둘 말고 있던 겨울 극세사 이불도 접어서 이불장에 올려놓았다. 생각보다 빨리 끝이 보인다 싶더니 또 다른 낯선 통증이 찾아왔다. 왼쪽 갈비뼈 아래에부터 배꼽 주위가, 피부가 아니라 그 아래 뱃속이 찰과상을 입은 상처처럼 쓰라렸고, 옆구리가 심하게 결렸다. 이번에는 뱃속이었다.

지난 해 국가건강검진 때 혈압이 높아 받지 못한 대장

과 위내시경 예약을 위해 다시 내과를 찾았다. 의사는 컴퓨터 모니터에 띄워놓은 빨간 내 위장 속 사진의 한 부분을 마우스의 화살 표시로 동그라미를 여러 번 그렸다. "이번에 내시경 할 때는 여기 이 용종 떼 냅시다." 용종이 위 점막 아래 하나 있고, 위벽에 두 개가 있는데, 위벽에 있는 걸 떼어내자는 말이다. "용종은 생겼다가 없어질 수도 있으니 이번엔 없을 수도 있지 않을까요?" 걱정스러운 내 질문에 마우스를 잡고 있던 의사의 오른손이 멈추고 의사의 통통한 얼굴이 나를 향했다. 몇 살이나 됐을까? 결혼은 했겠지. 자식도 있겠지. 그가 집에서 아내와 자식들에게 어떤 표정과 낱말로 무슨 종류의 이야기를 나눌지 상상했다. 그에게도 평범한 일상은 있을까? 나라는 사람이 그저 컴퓨터 모니터 속 장기의 연장선에 있는 피사체, 위장에 용종이 세 개 있는 사람으로만이 아니라 소설을 쓰고 두 아들의 엄마이고 한 남자의 아내이며 딸이고 형제이고 며느리이며 누군가의 친구라는 사실을 그는 모른다. 건강검진자가 몰려드는 시기여서 그런지 밤새 한숨도 못 잔 것처럼 붉은 그의 눈을 보며 나는 악몽에 시달리며 잠을 설친 데다 알 수 없는 복통과 옆구리 통증으로 인한 불안한 눈빛으로 마스크 쓴 의사의 표정을 살폈다. 의사는 다시 모니터를 쳐다보며 말했다. "그러면 다행이구요." 의사의 말은 결코 그런 다행스러운 일이 생길 리가 없다는 듯이 들렸다.

  옆구리 통증을 확인하기 위해 복부 초음파를 했으나 결과는 이상 없었다. 의사는 지난번 피검사 결과를 언급하면서 담즙 분비와 관련 있을지 모르니 관련 약을 처방해주겠다고 했다. 추위에 떨다가 갑상선 이상 진단을 받고, 옆구리가 심하게 결리더니 담즙분비와 관련 있을 수도 있고, 복통은 위장과 대장 내시경을 해봐야 한다니 과연 어떤 결과가 나올지 불안은 점점 더 커져 통증은 공포로 변했다. 멀쩡한 사람도 병원 가면 병을 얻어서 온다는 어른들의 말이 맞는지도 모른다는 생각이 들었다.

  내과 진료실을 나오기 전 대학병원 진료의뢰서를 써달라는 내 말에 의사는 컴퓨터 모니터를 들여다보며 키보드를 두드렸고 뭔가 못마땅한 듯이 말했다. "가세요. 가보세요. 가더라도 다시 오게 될 거여요." 내게 하는 말인지 의사 자신에게 하는 혼잣말은 아닌지, 어리둥절해하다가 진료실을 나왔고, 잘못을 저지른 아이처럼 풀이 죽은 모습으로 원무과에서 계산을 하고 진료의뢰서 프린트를 기다렸다. 아래층 약국에서 담즙분비 관련약과 수면제와 갑상선 호르몬제가 든 흰 비닐봉지를 들고 집으로 향했다. 사실은 비염으로 이비인후과를 다니고 있고, 눈이 아파 수시로 인공눈물을 넣는다는 말을 의사에게 미처 다하지 못했다는 사실을 생각해냈다.

낮의 대학병원 역시 경계가 삼엄했다. 한밤의 응급실에 비해 많은 사람이 드나들긴 했지만, 접수처까지 가는 길은 공항의 긴 매표 줄 같은 차단 줄이 꼬불꼬불 꼬여 있었다. 접수하기 직전 가슴에 자원봉사자 이름표를 단 중년의 여자가 말했다. 그곳 대학병원에서는 갑상선암이 아니면 진료 자체가 안 된다는 내용이었고, 갑상선 기능 이상 환자가 너무 많아서 그렇다는 설명을 덧붙였다. 진료를 거부당한 것이 '나의 병'인지 '나'인지 혼란스러웠다. 안경 쓴 내과 의사는 말했었다. "가세요. 가보세요. 다시 오게 될 거예요." 정말 그 의사에게로 돌아가야 하는 걸까?

그 내과 의사에게 불신이 싹트기 시작한 것은 두 번째 수액을 맞으러 갔을 때였다. 진료실 환자 의자에 앉자마자 의사는 모니터로 향했던 얼굴을 내게로 돌리며 말했다.

"아, 왜 이제야 오셨습니까?"

"어… 선생님, 저 엊그제도 왔었는데요?"

의사는 대수롭지 않다는 듯이 다시 컴퓨터로 얼굴을 돌렸다.

"오늘은 무슨 일로 오셨지요?"

"계속 못 먹고 못 자서 수액을 한 번 더 맞았으면 해서요."

"네, 그러세요. 수면제는 아직 남아있죠?"

집으로 돌아와 갑상선 전문병원을 검색했다. 갑상선 전문병원으로 이름난 병원 중의 한 곳을 정했다. 그곳은 이웃 도시에 있었고, 나는 운전하기에는 심신이 너무 약해져 있었다. 남편은 병원을 싫어하고, 운전을 싫어한다. 그런 남편에게 그 먼 곳까지 데려가 달라고 부탁할 생각을 하니 가슴이 발작하듯이 뛰기 시작했다.

그날 밤 수면제를 먹고 두 시간 남짓 잠이 들었다가 내 비명소리에 눈을 번쩍 떴다. 몸을 꼼짝할 수 없거나 목소리가 나오지 않는 그런 가위눌림이 아니었다. 남편과 싸우다가 욕지거리를 내뱉으며 남편을 발로 지근지근 밟아대는, 꿈속의 내 행동을 제어할 수 없는 그런 가위눌림이었다. 아니다. 그건 처음 느껴본 살의였다. 몸부림 끝에 가까스로 눈을 뜬 뒤 얼마 동안 온몸을 부들부들 떨었다.

이중창으로 닫혀 있는 방안이 어둠 속에서 조금씩 모습을 드러냈다. 캄캄한 방안에 오뚝하니 앉은 내 모습이 방금 조각 그림판에서 한 조각을 빼낸 것처럼 도드라졌다. 잠들기 전 거실 소파에서 남편에게 조심스럽게 말을 꺼냈다. 이웃 도시에 있는 한 시간 거리의 그 병원에 가면 내 불안이 좀 가실 것 같은데 나 혼자 운전해가는 게 엄두가 나지 않는다고. 남편의 눈길이 방향을 잃고 허공을 떠돌았다. 남편이 마뜩잖을 때 보이는 행동임을 알기에 나는 하던 말을 끝까지 하지 못했다.

남편은 평소 수없이 내 말문을 막았지만, 특히 내 몸의 통증에 대해서는 아예 입도 뻥끗 못 하게 했다. 나는 내 몸 안에서 일어나고 있는 일과 그 일로 인해 내게 일어나는 일들에 대해 가까운 누군가에게 말하고 싶었다. 전에는 그녀가 그런 내 이야기를 들어주었지만, 지금 그녀는 더 이상 내 얘기를 들어줄 수 없다는, 그녀의 부재 역시 공포였다.

남편 근무가 없는 토요일 오전, 갑상선 전문병원 대표원장 앞 진료 의자에 나는 앉아있다. 백발의 대표원장은 내 뒤로 와서 목의 갑상샘이 있는 부위를 손으로 짚어보더니 왼손으로 누르며 여기 혹이 있군요, 했다. 피검사부터 시작해서 세 가지 검사를 하고 다시 백발원장 앞에 앉았다. 이전의 내과에서처럼 백발원장 앞 컴퓨터 모니터에도 핵폭발 때의 버섯구름 모양의 혹이 화면에 떠 있었다. 백발원장은 내 갑상선의 상태를 설명하는 동안 테이블 위의 진료카드에 알아볼 수 없는 전문용어를 잔뜩 적고, 적은 낱말에 밑줄을 두세 번 겹쳐서 긋거나 동그라미로 낱말을 가두었다. 모니터를 보며 키보드를 두드리는 것보다는 종이에 글씨를 쓰는 의사의 모습에 이유 없이 더 신뢰가 갔다. 아마도 사람마다 손이 그렇듯 글씨도 쓰는 사람의 인성 같은 게 읽혀지기 때문일까?

그녀의 글씨는 보기 좋게 독특했다. 자음의 선들이 구불구불하게 꺾이며 끊어질 듯 이어져 있어 얼핏 보면 삐뚤삐뚤 잘 못 쓴 글씨처럼 보였지만 주변에서 잘 볼 수 없는 보기 좋은 필체였다. 아주 오래전 그녀의 집 화장실 휴지걸이 위에 붙어있던 그녀의 쪽지를 본 적 있다. '사랑해'라는 제목 아래, 검정색 볼펜으로 똥을 그리고 그 옆에 괄호를 쳐서 두 칸, 그 아래 오줌 그림 괄호에는 한 칸이라는. 사실 휴지의 칸수에 대한 기억은 정확하지 않다(생각해보니 배설물을 처리하기엔 두루마리 화장지의 칸수가 너무 적다. 그녀와 그의 가족들은 그녀의 지시를 어떻게 받아들였을까? 그에 대해 언젠가 그녀에게 물어본 적이 있었는데, 어떤 대답이었는지 기억나지 않는다. 이제 다시 물어볼 수도 없다).

"피곤함을 많이 느낄 텐데, 어떠세요?"

'갑상선기능저하증'의 다른 증상에 대해서는 아무런 말 없이 '피곤'에 대해 묻는 의사의 말에 나는 잠시 머뭇거렸다. 피곤이라니. '짜증'이라는 말이 그랬다. 사람들이 걸핏하면 내뱉는 '짜증난다'는 말을 난 도무지 이해할 수 없었다. 그전까지 한 번도 해본 적이 없는 말이었기 때문이다. 결혼하고 아들 둘을 낳고 맞벌이 주부로 지내던 어느 날 아이들에게 짜증을 내는 내 모습을 발견하고서야

'짜증'이라는 말을 이해할 수 있던 것처럼 추위에 떨고 불면과 악몽에 시달리면서도 '피곤하다'고 느끼거나 말한 적이 없었다.

"피곤한 건 별로 못 느꼈는데요. 이전 내과에서 진단받을 때쯤 엄청 추웠는데, 처방해준 갑상선 호르몬제를 먹고 나서부터 한기는 많이 없어졌어요. 제가 가장 힘든 건 아직 심장이 많이 두근거리고 밤에 수면제 없이 잠을 못 자는 거예요."

병원을 찾기로 결정한 날부터 의사를 만나면 해야 할 말들을 수없이 연습했었다. 병원 진료 때마다 긴 대기시간에 비해 짧은 진료 시간은 진료실을 나오고 나서야 미처 물어보지 않은 중요한 궁금증이 늘 남았기 때문이었다. 이번에도 내 몸속에서 일어나고 있는 일의 결정적인 단서가 될지도 모를 '피곤'에 대해 분명한 대답을 놓치고 말았다는 느낌이 들었지만 마땅한 답이 떠오르지 않았다. 의사는 당분간 갑상선 호르몬제를 복용하면서 지켜보자는 말을 하며 내 눈을 쳐다보았다. 그는 일방적이지 않고 그 일이 마치 내 결정에 달려있다는 듯이 바라보았다. 진료실 바깥의 엄청난 대기자들을 보며 예상했던 것과는 달리 서두르지 않는 그의 말투와 눈빛에 나는 깊은 숨을 천천히 들키지 않게 내쉬었다.

 백발의사를 만나고 며칠이 지나서야 수시로 머릿속이 흐릿해지며 졸리는 증상이 어쩌면 의사가 말한 '피곤'이지 않을까 생각했다. 수면제 부작용인 줄 알았는데 피곤한 증상일 수 있다는 것이 이상하게도 마음이 놓였다. 하루에도 여러 번 그 증상은 나타났으나 막상 누우면 잠은 오지 않았다.

 친구 B가 카카오톡 메시지로 말했다. 이전의 네가 그립다고. 나는 나 자신이 변했는지 변하고 있는지조차 몰랐던 일을 친구는 몇 번의 통화와 카카오톡 메시지로 느꼈단 말인가. 난 변명이든 설명이든 해야 했으나 어떤 말도 떠오르지 않아 답을 하지 못했다. 대신에 그녀가 떠났다는 부고를 들은 날부터 오래전에 소식을 끊은 친구가 생각났지만, 불쑥 전화를 걸 수 없어 망설였다. 나는 내 몸속에서 일어나고 있는 일들을 제대로 알지 못한 상태이기에 주변 사람들과의 관계를 지속해 나가는 일을 할 수 없었다. 설명하기 모호한 상태의 나를 그들 앞에 둘 수가 없어 모임에 나가지 못했다. 모임에서 날 찾을 때마다 내 좋지 않은 몸 상태를 알리는 일은 자기관리를 제대로 못한 사람이거나 영 시원찮은 사람이 되어 세상의 가장자리로 물러나게 만들었다. 통증은 그렇게 과거를 사라지게 했다. 현재를 설명하지 못하므로 미래는 생각조차 할 수 없었다. 한 사람의 살아온 역사가 현재의 몸 그 자체였다. 나중에라도 내가 변했다고 말한 친구에게 그 말들이 내 삶에 어떻게 부딪혀 파장을 줬는지, 그리고 좀 더 기다려야 했다는 말을 할 기회는 없을 것이다.

겨울외투를 벗고 목도리를 풀었지만 수면양말은 벗을 수가 없었다. 그녀와 나는 무척 다른 사람이면서도 취향이 비슷한 점도 많았는데, 그중 하나가 실내에 들어가면 양말부터 벗는 일이었다. 그녀는 내가 운전하는 승용차의 조수석에만 앉아도 어김없이 양말을 벗었다. 집으로 찾아온 날은 양말 다음으로 겉옷을 벗었는데, 한겨울에도 반팔 티셔츠 차림이었다. 그 모습을 볼 때마다 "넌 참 건강해."라고 말해놓고 우리는 웃었다. 그녀가 떠나기 한 달 전 우리 집에서 함께 한 저녁 식사 때도 나보다 그녀가 더 맛나게 많이 먹었다. 별로 배고프지 않다면서 밥 두 그릇이라며 놀리는 내 말에 맨날 집에서 먹고 자고 하니까 살만 찐다면서도 그릇의 반찬들을 깔끔하게 비웠다. 실내에 들어서면 벗던 양말을 그녀가 떠나자 나는 양말부터 신은 셈이다.

그녀를 마지막으로 만난 그날도 우리는 강변에 자리를 깔고 둘 다 양말을 벗은 채 앉기도 하고 눕기도 하면서 오후 나절을 보내고 있었다. 무슨 말끝에 그녀가 말했다. 의사들은 잘 모른다고. 그녀가 왜 그런 생각을 하게 됐는지 나는 알 수가 없다. 그녀는 아들과 딸을 산부인과가 아니라 조산소에서 낳았고, 건강검진을 평생 챙기지 않았으며 좀처럼 감기에 걸린 적이 없을 만큼 건강했다. 어쩌다 몸이 아프면 마치 반기기라도 하듯이 "나 아파."라며 웃었다. 암 진단을 받은 후 처음 만났을 때, 그녀는 "난 내 남은 수명이 5년이라고 생각하며 살려고 해."라는 말을 담담하게 했었다. 그리고 그녀의 말대로 정말 5년을 더 살고 그녀는 떠났다.

내시경 예약일이 다가올수록 불안감은 더 커졌다. 종

양 제거 수술을 하다가 잘못돼 대학병원으로 실려 가는 모습이 눈앞에 그려졌다. 내시경 예약 일을 앞두고 한 달 가까이 포털로 검색해 다른 내과 몇 곳을 찾았다. 그중에 대학병원급의 최신식 의료기구에 '우리 동네 주치의'라는 홍보 글귀가 끌리는 곳이 있었다. 내 몸에서 일어나는 일을 함께 공유하고 치료 방향을 의논할 수 있는 주치의라면 엊그제 진료한 환자도 몰라보는 의사와는 다르지 않을까 궁금했지만, 이미 예약을 해둔 상태라 기다리기로 했다. 대신 틈만 나면 내 위장과 대장에게 말을 걸기 시작했다. 위장에게는 내시경 때 용종을 볼 수 없게 하고, 대장에게는 지금까지처럼 별 탈 없이 지나가자고. 잠들기 전까지 배를 끌어안고 주문처럼 말을 걸고 낮에도 통증을 느낄 때마다 할 수 있는 일이라고는 그것밖에 없는 것처럼 속삭였다.

정기검진 때 갑상선 전문병원 백발의사에게 속 쓰라림과 갑상선 기능 이상이 혹시 관련이 있는지 물었다. 백발의사는 고개를 저으며 전혀 상관없고, 피검사 결과 갑상선 호르몬 수치도 경과가 좋으니 속 쓰라림은 다른 내과에 가서 내시경 검사를 받아보라고 말했다. 집으로 돌아오는 길에 남편에게 '우리 동네 주치의'를 내세운 그 병원에 데려다 달라고 했다. 우리 동네 주치의는 다음날이라도 당장 내시경이 가능하다고 했다. 한순간에 내시경 예약을 하고 사전검사로 복부 엑스레이까지 찍고, 장 청소약을 받아 집으로 돌아오는 차 안에서 나는 미세한 경련이 이는 두 손을 맞잡았다.

그녀가 떠난 뒤 처음으로 가족이나 의사가 아닌 친구 K를 만나러 외출했다. K는 살이 빠져 병자 같은 내 모습을 보고 눈이 휘둥그레졌다. 나는 내시경 받기 전까지 위장과 대장에게 말을 걸었고, 내시경 결과 위장에 용종은 하나도 없는 반면 대장에 용종이 4개나 있어서 떼어냈다고 K에게 말했다. K는 "위장과 말을 나누면 그렇게 용종이 사라지기도 해?"라는 생각지도 못한 질문을 했고 나 역시 알 수 없는 일이라 그냥 웃었다.

울산에서 온 K를 데리고 통도사로 갔다. 무풍한솔길을 걷고 일주문을 지나 경내를 걷다가 봉발탑과 마주쳤다. 그녀와 자주왔던 봉발탑. 그녀가 나를 환하게 웃고 있었다. 갑작스레 시장기가 몰려왔다.

K와 나는 나무 그늘에 앉아 간식으로 배를 채웠다. 계곡의 흘러가는 물을 보고 솔숲을 지나가는 바람소리를 들으며 얘기하다가 자주 소리 내어 웃었다. 어색하고 낯선 내 웃음소리가 귀 주위에서 맴돌아 어지러웠다. 저녁 해가 기울고 어둑해질 무렵 절 마당을 지나 주차장으로 가는 길에 K가 가방 깊숙이 넣어둔 물건을 꺼내듯이 말했다.

"이번 겨울에 중남미 여행 갈까 하는데, 같이 가자. 뙤약볕 내리쬐는 뜨거운 나라로 가서 실컷 먹고 구경하고 오는 거야. 어때?"

중남미 여행. 쿠바, 페루는 오래전부터 여행하고 싶었던 곳이었다. K와 헤어진 뒤 두 손을 맞잡아 앞으로 쭉 뻗었다가 머리 위로 올린 후 풀었다. 손끝이 찌릿하고 아랫배에 힘이 들어갔다. 소리 내어 맘껏 웃는 것조차 허락하지 않는 내 몸이, 겨울이 되면 가능할까?

카카오톡을 열고 그녀와 주고받은 마지막 메시지를 찬찬히 읽었다. 카카오톡 대화는 그녀가 중환자실에 입원하기 전까지 주고받은 내용이었다.

    2020년 7월 20일 월요일
    오후 4:30
    "어제 말한 호박잎 찐 거 먹어도 될까? 아님, 버려야 하나?"
    "먹을 수 있음 먹고, 오이 꼭다리 쓴맛 나면…호박잎국 끓여서 국밥 한 그릇 ㅋ." 오후 4:33
    오후 4:34
    "어떻게?"
    "된장 풀어 멸치 넣고 호박, 양파, 감자 등등 넣어서… 쪼매만." 오후 4:36
    오후 4:38
    "점심 때 그렇게 해서 먹어봐야겠당~"
    "호박잎 된장국." 오후 4:39

포수와 식탁

뜻밖의 사건이 일상을 뒤흔들어놓을 때, 내일이 기다려진다. 지난 일주일이 그랬다. 혼자서 괜히 실실거리며 웃거나 한군데 잠자코 앉아 있지 못하고 집안 이곳저곳을 정리하며 보낸 일주일이다. 결혼을 앞둔 소개팅도 아니고, 영업을 위한 고객과의 만남도 아닌 처음 보는 사람과 단둘이 식사자리라니. 난감한 기분보다 묘한 흥분에 들떠 지냈다.

평일 오후 바닷가 식당은 한눈에 봐도 빈자리가 두어 개뿐일 정도로 장사가 꽤 잘 돼 보였다. 그보다 눈에 띄는 점은 한쪽 벽면이 바다를 훤히 보이게 만든 통유리창이다. 정갈해 보이는 흰빛 아사면 식탁보에 밝은 갈색 가구들, 은은한 베이지색 광목 커튼이 쳐진 분위기는 식당이라기보다는 전통한옥의 사랑방 같다. 창으로 보이는 바다가 여러 가닥의 전깃줄에 의해 어긋난 채 조각조각 흔

들리는 풍경이 흠이었다. 계산대에서 찾는 손님의 이름을 말하자 조리실로 들어가던 젊은 남자 직원이 창가 자리로 안내했다. 자리에 앉아 휴대폰을 들여다보던 여자가 걸어오는 나를 쳐다보며 엉거주춤 일어섰다. 호리호리한 몸매에 청바지와 재킷 차림, 단정하게 묶은 헤어스타일이 언뜻 봐서는 마흔을 갓 넘긴 듯 보였다.

"주차하기가 불편했죠?"

그랬다. 10여 분 전에 도착해서 건물 뒤로 한 바퀴 돌며 주차장을 찾아 헤맸다. 식당은 바닷가에서 조금 떨어진 오르막 시작점에 위치한 건물 2층이다. 건물 자체 주차장에 자리가 없어 건물을 끼고 돌다 주차장 팻말을 발견했다. 주차장은 가파른 오르막 왼편에 있었다. 차를 몰고 오르막길로 들어서면 단숨에 올라야 했다. 내려오는 차가 있어 멈추면, 내가 타고 있는 차가 뒤로 곤두박질칠 것 같아 숨이 먼저 가빴다.

"일단 음식부터 주문해요. 이 집 메뉴판에는 없지만 아는 사람들만이 아는 특별한 코스요리가 있다는 소문을 들었어요. 아귀와 대구중에 어느 게 좋을까요?"

우리는 아귀찜 코스 요리로 결정했다. 주문받으러 온

여자가 웃는 얼굴로 가볍게 머리를 숙였다. 주방을 담당하고 있는 사람은 남편이고 자신은 홀을 담당하고 있는 매니저인데, 어떻게 메뉴에 없는 코스요리를 아느냐고 물었다. 그녀는 입소문으로 알게 되었다고 답했다. 매니저는 코스요리가 나오는 순서를 설명해준 다음 자리를 떴다.

"내가 어떤 사람인지 많이 궁금했죠?"

"네라고 대답하면 실례가 될까요?"

웃음을 참듯이 다문 그녀의 입꼬리가 실룩거리며 파르르 떨렸다.

"그래서 어때요? 척 봐도 이상한 여자로 보이나요?"

휴대폰을 들여다보다가 일어서는 그녀를 처음 봤을 때 나도 모르게 그녀에게서 뭔가 남다른 특이점을 찾고 있었던 건 사실이다. 친구가 같이 밥 먹을 사람이 여자라고 했을 때는 다행이다 싶었다. 시간이 지나면서 점점 궁금했다. 혼자 사는 남자도 아니고 평범한 가정주부라니. 나이 쉰 살이면 그렇게 많은 나이도 아니지 않은가. 고립된 삶을 살 수밖에 없는 그런 비호감인 여자의 모습을 상상했다.

"꼭 와보고 싶었던 집이었어요. 코스요리는 혼자 먹기에 양도 양이지만, 여러 번에 걸쳐 음식이 나오잖아요? 저 혼자 먹는다고 생각해보니 영… 기회를 만들어봐야지 마음먹고 있던 참이었어요. 예약하고 나서 잠을 설쳤다면 믿으시겠어요?"

한 달 전, 친구가 카카오톡을 보내왔다. "희자야, 맛있는 와인 한잔 살 테니 와~" 나는 사실 와인 맛을 잘 모르지만 오랜만에 친구를 만나고 싶은 마음에 그만 시외버스에 오르고 말았다. 친구는 시외버스로 한 시간 거리에 살고 있다. 대학 동창이자 같은 산악회 동호인인 경찰친구는 흔치 않은 좋은 술친구다. 해질녘 술집 '독주'의 문을 여는 순간 덮치듯 들리는 재즈곡이 귀에 익었다. 마이클 프랭크의 '안토니오 송(Antonio's Song)'이다. 아메리카 원주민들을 죽음으로 내몰았던 담요가 이주민의 선물이었다는 내용의 노래다. 술도 마시기 전에 한순간 온몸에 취기가 도는 듯했다.

가게는 소품들이 지나치게 많이 장식된 느낌을 주는 짙은 갈색 톤의 아담한 카페 겸 술집이다. 산악회 등산

때 만난 적 있는 주인장이 나와서 친구와 같이 들어서는 내게 손을 내밀었다. 그가 주방 가까이에 있는 긴 테이블로 우리를 안내했다. 가게 안은 작은 테이블이 세 개, 긴 테이블 두 개가 전부다. 와인 병이 테이블에 오르고, 과일과 여러 종류의 치즈가 담긴 접시가 이어 나왔다. 주인장이 디켄터에 와인을 따르고 그동안의 안부를 주고받았다. 와인 이름과 와인 맛에 대해 한마디씩 하다가 주인장이 다른 종류의 와인을 한 병 더 가져왔다. 친구가 백화점에서 할인행사 때 산 와인이 기대이상으로 맛있었다고 하자, 지금 마시는 와인은 칠레 와인인데 지난번 프랑스 와인에 비해 조금 떫다고 주인장이 대꾸하며 와인 잔을 채웠다.

강포수가 오기 전에 나는 친구에게 그냥 지나가듯이 말했다. 오래 전에 같이 밥 먹어주는 일로 소설을 써볼까 했었다고. 친구는 글로 쓸 게 아니라 그 일을 직접 해보는 건 어떠냐며 진지하게 물었다. 그냥 웃기만 하는 내게 친구가 목소리를 높였다.

"요즘 혼밥 전문 식당도 있잖아? 난 말이야, 밥은 진짜 혼자 먹기 싫더라. 야근한 다음 날 아무도 없는 집에서 혼자 밥 먹는 게 싫어 집사람더러 일도 못 나가게 한다니까. 얼마 전에 직장 동료들이랑 가끔 가는 식당에 갔는데, 갈 때마다 식당 구석 자리에 앉아 있던 노인이 그날도 보이더라고. 식당 사장 아버지인가 해서 사장한테 물었더니, 점심때 와서 저녁까지 해결하고 가는 손님이라는 거야. 한번은 지구대에서 밥해먹는 날, 그 노인을 불러 같이 먹은 적이 있었거든. 사정 얘기를 들으니까 남의 일 같지가 않더라. 돈이 아무리 많으면 뭐해, 같이 밥 먹을 식구가 없는데."

그때, 가게 문 안으로 한 남자가 들어섰다. 남자를 본 친구가 벌떡 일어서 나가더니 우리 자리로 그를 데려왔다. 가게 안의 다른 손님들은 이미 다 가고 우리뿐이었다. 친구가 소개한 그는 '천곡동 강포수'다. 그는 그날도 멧돼지 사냥을 다녀오는 길이라고 말했다. 주인장이 특별히 준비했다는 와인을 가져와 강포수 잔에 따랐다. 친구가 강 포수에게 물었다.

"강 포수, 오늘 멧돼지 몇 마리 잡았어?"

"아, 그게, 개를 잃어버리는 바람에 개 찾느라… 멧돼지는커녕 쫄쫄 굶다가 조금 전에야 왔어. 개는 똑똑한 놈이라 낼 아침 일찍 산 아래 가면 기다리고 있을 거야. 멧돼지 사냥을 개 없이는 못하거든."

  그날 헤어질 때 친구는 '같이 밥 먹어주는 일'은 다른 그 어떤 것보다 의미 있는 일일 수 있으니 진짜 해보라고 했다. 오늘 이 자리 역시 일주일 전에 걸려 온 그 친구와의 통화로 이루어졌다. 신원보증해줄 수 있는 '경찰'인 친구의 말 때문이었을까. 생각지도 못한 일을 벌여 이렇게 그녀 앞에 앉아 있다.
  "있잖아요, 결혼해서 같이 산 지 20년도 더 지났는데, 남편이랑 식탁에 같이 앉아 밥을 먹지 않아요."
  그녀가 말을 멈추고 내 얼굴을 쳐다보았다. 상대방을 탐색하는 눈빛은 아니다. 그렇다고 호의적인 눈빛 또한 아니다. 어디선가 본 듯한, 결코 낯설지 않은 눈빛이다. 3년 전, 맞벌이 주부로서의 삶을 끝낸 그 날의 내 눈빛이 그랬을지도 모른다. 난 그녀의 눈빛을 피해 물 잔을 입으로 가져갔다. 약속이 정해지는 순간부터 가장 큰 고민은 같이 밥 먹어주는 일을 어떻게 해야 할지 모르겠다는 것이었다. 상대방을 설득하는 일도 아니고 친목을 도모하는 자리도 아니다. 굳이 말하자면 물건을 파는 게 아니라 쉰 살을 살아온 내 시간을 파는 것과 다름없는 일이다. 생각 끝에 내린 결론은 애써 잘 보이려 말고 평소 하던 대로 부딪혀 보자는 게 나름의 전략이었다. 단, 적게 말하고 최대한 상대방 말을 들어줄 것이며, 되도록 질문은 하지 않기로 했다.

"희자씨, 이렇게 불러도 되죠? 희자씨는 집에서 혼자 밥 먹을 때 어때요? 난 냉장고에 있는 반찬들을 다 꺼내서 한상 차려 놓고 먹거든요."

"저는 그냥 간단하게 먹는 편이에요. 먹고 싶은 반찬 한두 가지 꺼내놓고요."

"그렇죠. 내 주위의 여자들이 나보고 참 특이하다고들 해요."

그때, 코스요리의 첫 음식인 전복죽과 야채샐러드가 나왔다. 그녀는 크기와 모양이 제각각인 도자기 그릇들에 담긴 음식에 눈길을 보내면서도 하던 얘기를 이어나갔다.

"나도 처음부터 그랬던 건 아니에요. 따지고 보면 집에 혼자 있으면서 하루 세 끼 다 먹은 기억이 별로 없어요. 하루는 김치 하나 두고 혼자 밥 먹다가 펑펑 운 적이 있어요. 그냥 눈물만 흘린 게 아니라 엉엉 소리 내어 한참을 울었다니까요. 그날 이후 한 끼를 먹더라도 제대로 된 식사를 하려 해요."

그녀는 낮게 소리 내어 웃으며 그릇에 남은 마지막 전복죽을 숟가락에 싹 쓸어 담아 입으로 가져갔다. 죽을 삼키느라 그녀의 양쪽 볼이 보조개처럼 파였다. 이른 저녁 시간에 들어왔는데, 그 사이 창밖은 어둑했다. 바깥은 바다와 육지의 경계가 흐려져 온통 푸르스름한 세상으로 한데 엉켜 있었다.

"아이들이 어릴 때는 이런저런 반찬 만들어주고 맛있게 먹는 모습 보면서 이만하면 됐다싶었어요. 대학진학으로 아이들이 모두 집을 떠나고 나니 문제였어요. 음식들이 냉장고에 쌓이기 시작하는 거예요."

다음 음식이 나왔다. 매니저가 직접 음식수레를 밀고 와 식탁에 차리면서 조리법과 먹는 방법을 설명했다. 기다란 접시에 양념이 안 된 익은 생선 모습이 보였다. 다른 아귀찜 집에서는 잘 볼 수 없는 아귀특수부위 요리인 간 두 점과 턱살 네 조각인데, 염장한 간은 포일에 씌워 찌고 차게 식혀야 맛있다고 했다. 아귀의 간이라니, 머리와 꼬리밖에 없을 것 같은 아귀 몸속 어딘가에 있을 간을 상상해보다가 내 몸 속의 간은 또 어디 있더라, 생각했다. 뾰족한 뼈에 붙은 턱살은 평소 내가 좋아하는 부위다.

그녀와 나는 간 두 점을 한 점씩 나눠 먹었다. 다음은 먹음직스러운 턱살 차례다. 나는 뼈가 툭툭 불거져 나오고 살이 흐물거리는 턱살을 내 앞 접시로 가져왔다. 물컹거리는 살이 젓가락으로 집어 먹기에는 불편한데 생각하며 입으로 가져가다가 그만 놓쳐버렸다. 앞 접시에 떨어진 턱살을 손가락으로 집어서 발라먹다가 맞은편에서 웃고 있는 그녀의 얼굴을 발견하는 순간, 턱뼈에 입천장이 찔려 나도 모르게 신음소리를 내질렀다.

"아, 어떡해요! 맛있게 먹는 모습이 좋아서 그랬는데… 미안해요."

"아니에요. 제 실수인 걸요 뭐."

우리는 잠깐 소리 내어 웃은 뒤 접시의 나머지 음식을 먹었다. 마지막 음식으로 수제 돈가스가 나왔다. 돈가스의 기름 냄새를 맡자 더 이상 맥주 생각을 떨칠 수가 없었다. 그전에 나왔던 매운 아귀찜을 먹을 때부터 맥주 한잔 시원하게 마셨으면 싶었으나 눈치만 보고 있었다. 내 말을 들은 그녀가 자신은 술을 잘 못한다며 후식인 커피를 미리 시키면서 맥주도 함께 주문했다. 먼저 나온 맥주를 내 잔에 가득 채워주며 그녀가 물었다.

"술을 좋아하시나 봐요?"

"네. 예전엔 술자리를 좋아했는데, 요즘은 술이 좋아요."

"그럼, 혼자서도 마셔요?"

"얼마 전부터 그래요. 남편은 술을 전혀 못 마시거든요."

그녀는 맥주잔을 입으로 가져가는 나를 보더니 그녀 앞에 있던 빈 맥주잔에도 반잔이 채 안 될 정도로 술을 따랐다.

"결혼한 지 25년이나 됐는데 남편이랑 한 번도 식탁에 같이 앉아 밥 먹은 적이 없다고 친구들에게 말하면, 처음에는 다들 믿을 수 없다는 표정을 해요. 그다음에는 어떻게 그러고 사느냐고 묻고요."

술을 잘 못 한다던 그녀가 자기 술잔을 들었다.

"아들 딸 낳고 살았다는 게 이해하기 힘들다고 말하는 친구도 있고, 끝내 물어보지 않는 친구도 있는데, 그 친구가 뭘 궁금해 하는지 난 알아요."

  같이 식탁에 앉아 밥조차 같이 먹지 않는 부부가 잠자리를 한다는 게 좀처럼 납득이 되지 않는 건 나 역시 마찬가지다. 차라리 밥은 같이 먹지만 잠자리 안 하는 부부라면 몰라도.

  "이혼이라는 게, 알잖아요? 말처럼 쉽지 않다는 거 말이에요. 큰아이 군대 갔다 오면 하다가 작은 아이 시집보내고 나서… 그러다 보니 지금까지 왔어요. 맨 처음 남편이랑 이혼을 생각한 날은 아이들 어릴 때, 우리 가족이 처음으로 외식한 날이었어요. 큰아이 학부모 모임에서 어떤 엄마 말을 듣고 유명 스테이크 집에 갔었거든요. 아, 그 엄마는 말이에요, 모임 때마다 그렇게 자기 남편 자랑을 늘어놓아요. 그 집 남편이 주장하는 바에 따르면 남자는 최고급을 알아야 기죽지 않는다나요. 아들이 둘인데, 아이들이 어릴 때부터 최고급 음식점에서 식사하는 건 물론이고, 휴가 때면 최고급 호텔에서 묵기도 한대요. 우리도 최고급 호텔은 아니더라도 아이들이 좋아하는 스테이크는 한번 먹여주고 싶어 가족 외식을 갔었어요. 제가 어떻게 했는지 아세요? 스테이크를 앞에 두고 겨우 사이드 메뉴로 나온 빵 몇 조각 먹는 시늉만 했다니까요."

갑자기 말을 멈춘 그녀가 창을 향해 얼굴을 돌렸다. 판다처럼 눈 주변이 불그레한데다 목에는 얼룩무늬의 붉은 반점이 벌겋게 퍼져 있었다. 한솥밥 먹는 사람이라서 가족을 식구라고 부르지 않는가. 같은 밥상에 앉아 밥 먹을 수 없는 가족이라니. 왜 그러는지 이유를 묻는 대신 맥주를 마셨다. 내가 묻기라도 한 것처럼 그녀가 대답했다.

"아이들이 태어나기 전이었어요. 하루는 식탁에 같이 앉은 남편에게서 비릿하고 역한 냄새가 나는 거에요. 처음에는 흐린 날이라 씽크대 배수구에서 나는 냄새인 줄 알았어요. 그게 아니었어요. 남편에게서 나는 피 냄새였어요. 그런 남편이랑 같은 식탁에서 도저히 밥을 먹을 수가 없었어요. 처음엔 우리 부부가 밥을 같이 먹지 않는다는 사실을 저 스스로가 용납할 수 없었어요. 집 안에 있으면서도 식탁에 같이 앉지 않는다는 걸 말이에요. 저는 자랄 때 할머니가 계셔서 밥상머리에서 잔소리 꽤 들었거든요. 우리 집에서는 같이 밥 먹는 일이 마치 매일 치르는 하나의 의식과도 같았어요. 우리 여섯 형제는 아침에 일어나면 각각 할 일이 있었어요. 마당 쓸고 마루 닦고 방 청소하고 상 펴서 행주로 훔치고 밥상을 차리죠. 여덟 식구가 밥상에 주르르 앉고 마지막으로 엄마가 숭늉을 들고 들어오면 다 같이 밥을 먹었어요. 밥 먹는 자리에 보이지 않는 사람은 아파서 못 먹거나 아직 집에 돌아오지 않았을 때뿐이었어요. 농번기에 아버지나 엄마가 늦게 오시는 날이면, 밥 한 그릇을 따로 챙겨뒀다가 드리는 정도는 당연한 일이었고요. 하여튼 미치겠더라고요."

 얘기를 듣는 나조차도 답답한데 그녀는 오죽했을까 싶다. 하긴 미칠 것 같은 순간들이 그녀에게만 있겠는가. 나 역시 마찬가지였다. 방문 학습지 교사 일을 그만둘 무렵이었다. 수업 간 집의 현관문을 학생 아버지가 열어주었다. 학생의 어머니는 고등학교, 아버지는 중학교 교사였다. 내가 방문하는 시간에 어머니는 주로 퇴근 전이고 아버지나 할머니가 저녁을 준비하는 것 같았다. 수업하는 내내 주방에서 나는 음식 냄새가 시장기를 자극했다. 초등학교 4학년인 학생에게, 아빠 요리 잘하시나보네,라고 물었더니 학생은 당연하다는 듯 고개를 끄덕였다. 수업을 마치고 현관문을 나서는 나를 그 사이 퇴근한

학생 어머니가 배웅했다.

현관문 앞에서 웃던 그 어머니의 웃음이 음식을 잘못 먹어 체한 것처럼 속이 불편했다. 다음 수업할 집으로 가야함에도 불구하고 나는 지하주차장의 차 안에 꽤 오래 앉아 있었다. 그날 나는 우리 부부는 지금껏 그래 왔듯이 앞으로도 그 학생 부모 같은 맞벌이 부부로 살 수 없을 거라는 확신이 들었고, 직장을 그만 둘 수 있을 것 같았다. 남편에게, 나 이제 정년퇴직하는 거야, 이제부터 하고 싶지 않은 일은 안 하며 살겠다고 말했다. 그 말을 하던 날, 내 말을 들으며 쳐다보던 남편의 눈빛이 무슨 말을 하는지는 하나도 궁금하지가 않았다.

나는 맥주잔을 입으로 가져가다가 바닥이 드러난 맥주병을 발견했다. 어느새 맥주 한 병을 다 비웠단 말인가, 어차피 대리운전할 거라면 한 병 더 마셔야지 생각하며 그녀의 커피 잔을 살폈다. 까만 테두리 얼룩만 바닥에 남아 있었다.

"목마르시지 않으세요?"

"대리운전하실 거죠? 맥주 한 병 더 시켜서 나도 조금 주세요."

그녀는 하던 얘기를 끝내고 싶은 듯 다음 말을 이어 나갔다.

"결혼 초에는 혼자 밥 먹으면서도 음식 씹는 소리가 날까 봐 얼마나 신경 써서 먹었는지 몰라요. 결혼 전에 다니던 직장 후배가 저더러 음식 먹을 때 유난히 쩝쩝 소리를 낸다고 핀잔을 줬었거든요."

"그럼, 남편분의 식사는 어떻게 해요?"

"피 냄새를 맡기 시작한 뒤부터 식탁은 차리되 이런저런 핑계를 대며 식사를 같이 안 하니까, 남편도 몇 번 묻더니 그냥 혼자 먹더군요."

"아이들하고는요?"

"아이들이 태어나면서부터는 식탁에서 아이들 먹는 걸 내가 챙겨야 하니까 남편이 자리를 알아서 피했어요. 우리보다 먼저 먹거나 나중에 자기 손으로 차려서 먹어요. 내가 없을 땐 아이들하고 같이 먹기도 하고요."

그녀 얼굴에서는 더 이상 어떤 작은 분노도 찾을 수 없다. 오히려 온몸이 뜨거운 건 내 쪽이다. 나는 목에 감고 있던 스카프를 풀었다.

"멧돼지는요, 천적이 없어요."

지난번 술자리에서였다. 강포수는 와인 잔을 밀치며 주인에게 혹시 소주도 있냐고 물었다. 자신은 와인의 피 같은 빛깔이 마음에 들지 않아 싫다고 했다. 강포수는 친구가 따라주는 소주 한 잔을 달게 마셨다. 마치 목이 말랐던 것처럼. 그는 조그만 사업체를 운영하면서 멧돼지 사냥철에만 포수가 된다. 친구와는 경찰지구대에 사냥총 보관하는 일로 알게 되었고, 동갑이라 친구가 됐단다. 강포수는 강원도 같은 깊은 산에서 사냥하는 게 아니라 바로 우리가 술 마시고 있는 도시의 야산에서 오는 길이라는 뜻밖의 말을 했다.

"사람이고 짐승이고 간에 등을 보여서는 안 됩니다. 살다 보면 등을 보인 사람하고는 결국 등지게 되지 않던가요? 멧돼지는 등을 보이는 순간 죽음의 표적이 되고요."

강포수의 말에 의하면, 수렵을 잘 모르는 사람은 사냥총만 있으면 멧돼지를 잡을 수 있는 걸로 알지만, 전문 사냥꾼이 아니면 거의 불가능하다. 멧돼지가 앞뒤 분간 못하는 무지막지한 놈 같지만 생각보다 영리해서 좀처럼

포수와 식탁 153

잡기 힘들다. 사냥을 갈 때 다른 포수랑 주로 둘이 짝을 지어 다니고, 사냥개 두 마리를 앞세운다. 멧돼지 사냥은 거의 사냥개가 한다고 보면 된다. 산에 들면 냄새를 맡은 사냥개가 앞서서 멧돼지 몰이를 한다. 결정적인 순간에 포수가 총을 쏜다. 총에 맞은 멧돼지가 도망가면 사냥개가 끝까지 뒤쫓는다. 숨이 끊어지면 그제야 끌고 산을 내려오는데, 그 무게가 엄청나다는 얘기였다.

"아무리 해로운 짐승이지만 살아있는 생명체를 향해 총을 드는 일이 상상이 안돼요. 왜 있잖아요, 예전에 유원지 같은 데 가면 총으로 인형 맞히기 하잖아요? 저는 장총을 드는 순간 기분이 이상해지던걸요. 멧돼지를 쏠 때, 기분이 어때요?"

나는 조심스럽게 강포수를 쳐다봤다. 강포수는 자신의 오른손 안에 있는 소주잔을 잠깐 움켜쥐었다가 단숨에 술잔을 비웠다. 같은 자리에 있던 사람들이 순간 조용해졌다. 그는 빈 소주잔을 바라보며 혼잣말 하듯 입을 열었다.

"멧돼지는요, 천적이 없어요! 닥치는 대로 잡아먹는다 말입니다. 산속에 잡아먹을 짐승이 없으면 산 아래로 내려와요. 뉴스에서 본 적 있죠? 그 때문에 농작물 피해는 물론이고 사람까지도 목숨을 잃는다고요. 게다가 번식력이 얼마나 좋은지 알아요? 임신기간이 짧고, 한 번에 열 마리 정도의 새끼를 낳기 때문에 우리 같은 사냥꾼이 없으면 늘어나는 개체수를 감당 못해요."

강포수는 '우리 같은 사냥꾼'에 힘을 주어 말한 뒤 내 쪽을 힐끗 쳐다보았다. 나는 그의 눈빛에 움찔했다. 사람을 똑바로 쳐다보지 않는, 다른 사람의 생각 따위로 개의치 않는 그 눈빛은 그 역시 천적이 없을지도 모른다는 생각이 들게 했다.

"그러다가 먹방을 찾아보기 시작했어요."

그녀가 다시 입을 열었다.

"텔레비전 말씀이죠?"

"텔레비전뿐만 아니라 인터넷이랑 유튜브도 수시로 찾아봐요. 어떤 음식은 보면서 따라 만들어 먹기도 하고요. 사람들이 느끼는 게 다 비슷한가 봐요. 매체에 나왔다 하면 전국 어디든 찾아다니니 말이에요. 한번은 방송에 진주의 한 육회비빔밥집이 나왔거든요. 저도 그 육회비빔밥집에 가고 싶어서 인터넷으로 뒤져보다가 직접 가기로 했어요.

"혼자서요?"

"텔레비전에 나온다는 게 얼마나 대단한지 알아요? 세상에! 그 허름한 장터 식당 앞에, 그것도 평일 낮에 사람들이 줄 서서 기다릴 정도였어요."

그녀는 내 말을 못 들은 듯 얘기를 이어 나갔다.

"그 집 비빔밥도 먹고 싶었지만, 진주에 가고 싶었는지도 몰라요. 결혼 전에 두 번 정도 간 적이 있었거든요. 강이 도심을 빙 돌아 흐르고 오래된 성곽과 누각이 아직 남아있는 그 도시가 처음 갔을 때부터 이상하게 끌리더라고요. 마치 예전에 살았던 곳처럼 친근하게 느껴졌어요. 내가 디디고 선 땅이 아주 오래 전의 사람들도 밟고 다녔던 바로 그곳이라는 생각이 들면서 심장이 막 뛰는 거 있죠. 사는 일이 막막하기도 하고, 아주 단순해지기도 하면서, 살아야겠구나 하고 맘 다잡게 하는 그런 곳이었어요. 그런 기분 이해할 수 있어요, 희자씨?"

"네, 알 것 같아요. 저는 경주가 그래요. 갈 때마다 느끼는 건데, 특히 경주의 능 앞에 서면 말로 표현하기 어려운 이상한 기분에 빠져들더라고요. 눈에 보이지는 않지만 천 년 전의 사람들과 함께 숨 쉬고 있는, 그런 느낌을 말씀하시는 거죠?"

"맞아요!"

내가 화장실 간 사이에 그녀가 시켰는지 맥주 두 병과 과일안주 접시가 놓여있었다. 작정하고 마시면 맥주 정도야 밤새워 마실 수도 있지만, 그건 편한 사람들과 마실 때 이야기다. 이번 일이 처음이자 마지막이 될 수도 있겠지만, 일단 조심해야 한다는 생각과는 달리 그녀의 이야기를 듣다가 내 앞의 술잔을 보면 어느새 비어 있었다.

"소위 맛집이라는 곳에 가면 휴대폰을 들여다보며 줄 서서 기다리는 사람들 모습 흔히 보잖아요. 여행 삼아 전국의 맛집을 찾아다니는 사람들은 줄 서서 기다리는 걸 오히려 더 즐기는 것 같기도 하고요. 음식이 나오면 젊은 사람들은 물론이고, 요즘은 나이든 사람들도 마치 유적지에서 유물을 대하듯 휴대폰으로 사진 찍잖아요? 처음에는 왜들 저러나 싶었거든요. 어느 새 나도 그러고 있더라고요. 나처럼 혼자 온 사람도 더러 있어서, 줄 서서 기다리는 사람들 눈치 보느라 합석을 하게 되었어요."

"혹시 남자였나요?"

그녀는 내 장난기 어린 물음에 눈웃음을 지었다.

"서로 눈도 마주치지 않고 가볍게 고개만 숙여 인사했어요. 음식을 기다리는 동안, 밥을 먹으면서도, 괜히 어색해서 휴대폰만 들여다봤죠. 얼핏 보기에 나보다 어려 보이는 남자였어요. 그렇게 밥을 맛있게 먹는 남자는 처음 봤어요. 황금빛 놋그릇을 왼손으로 꽉 잡고 오른손 안의 젓가락으로. 그거 알아요? 비빔밥 먹을 줄 아는 사람은 숟가락이 아니라 젓가락으로 비빈다는 사실 말이에요. 아무튼 남자가 망설임 없이 젓가락으로 비빔밥을 비비기 시작했어요. 하얀 쌀밥 위에 오색 나물이 펼쳐져 있고, 가운데에 올려진 빨간 육회와 고추장을 마치 젓가락으로 악기를 연주하듯 비볐어요. 유난히 가늘고 긴 손가락 움직임이 그렇게 보였다는 거예요. 저는 사람의 손에도 인격이 있다고 생각하거든요. 사람의 손놀림을 보면 성격이나 직업을 알 수 있다고 말이에요. 그 남자의 젓가락을 다루는 손놀림은 마치 악기를 다루는 것 같았어요."

그녀는 마치 감동적인 연주회를 실제로 다녀온 듯이 말했다. 그녀의 이야기를 들으면서 비빔밥을 떠올렸다. 평소 비빔밥을 그리 좋아하지 않지만, 그녀를 통해 듣는 육회비빔밥은 입맛이 당겼다. 빨간 육회가 올라간 오색나물비빔밥이라면 뭔가 독특한 맛이 있을 것도 같았다.

"식당에서 나와 강 따라 나 있는 성안의 돌담길을 걷기 시작했어요. 초가을 햇살이 살짝 기울기 시작할 때여서 쌀쌀했는데도 마치 낮술을 한잔 한 것처럼 몸이 더워서 무작정 걸었어요. 음악소리에 정신을 차리고 보니 저만치 야외 공연장에 사람들이 모여 있었어요. 젊은 사람들이었는데, 옷차림이 야외 약혼식을 하는 것 같았어요. 사람들이 동그랗게 감싸고 있는 한가운데에 짙은 보랏빛의 드레스를 입은 여자가 바이올린을 연주하고 있는 거예요. 그 옆에 행사의 주인공처럼 보이는 남녀 한 쌍이 춤을 추고 있고요. 자칫했으면 저도 그 원안으로 뛰어 들어가 춤출 뻔했지 뭐에요."

"아, 춤을 잘 추시나 봐요?"

"아니오. 몸치에 가까워요. 해질녘에 그런 곳에서 헝가리 무곡인 '차르다시'를 들으면 희자씨도 춤추고 싶어질 걸요."

야외 공연장과 바이올린 춤곡에 춤을 추는 한 쌍의 남녀, 그녀 말처럼 나였다면 정말 춤을 췄을지도 모른다는 생각으로 고개를 끄덕였다.

"박수와 환호성을 뒤로 하고 무리 속에서 빠져나오는 순간 다리에 힘이 빠져나가 그 자리에 주저앉을 뻔했어요. 식당에서 같이 밥 먹은 그 남자가 바로 제 뒤편에 서서 웃고 있는 거에요."

그녀가 갑자기 입을 다물었다. 노을이 지고 있는 바깥 세상은 온통 붉었다.

그날, 그녀와 나는 병에 남은 맥주를 다 비우고서야 식당을 나섰다. 자리에 일어설 때까지 그녀는 다음 이야기를 더 이상 들려주지 않았다. 그녀가 주차장에서 승용차 문을 열다가 도로 닫으며 나를 불렀다. 바닷가에 와서 바다도 안 가보고 갈 뻔했네요, 시간 괜찮으면 잠깐 모래라도 밟고 가는 건 어때요,라고 말했다. 젖은 모래를 밟으며 걷는 우리에게 바닷물이 취객마냥 치근댔다.

"희자씨도 남편 말고 다른 남자한테 끌릴 때가 있죠?"

"물론이죠!"

"어떤 남자한테 끌려요?"

"일단 육식동물 느낌 나는 남자한테는 별로 마음이 동하지 않아요."

"육식동물 느낌이라…."

"남자가 마음에 들면 우선 그 남자랑 키스하는 장면을 그려봐요. 키스하는 장면이 상상이 안 되거나 내키지 않으면 딱 거기까지예요."

"그럼, 지금 남편과는 어땠는데요?"

"아주 인상적이었어요. 아무 맛없이 그냥 깔끔했거든요."

"깔끔하다…."

혼잣말처럼 내 말을 따라하던 그녀가 소리 내어 웃으며 말했다.

"남편을 엄청 사랑하셨나 봐요? 남녀관계라는 게 상대방에게서 향기가 아닌 냄새가 맡아지기 시작하면 이미 끝난 거잖아요."

"전 그냥 남편이 술 담배를 안 해서 그랬나보다 생각했는데…."

"나는요, 밥 맛있게 먹는 남자를 보면 끌려요. 그런 남자와의 잠자리는 어떨까하고 상상하게 되더라고요."

그녀는 말해놓고 쑥스러운 듯 내 어깨를 툭 쳤다. 그 바람에 난 주저앉듯이 모래밭에 넘어지고 말았다. 허겁

지겁 일어서다가 마침 밀려온 바닷물에 다시 주저앉았다. 당황해서 내 쪽으로 팔을 뻗던 그녀마저 발이 모래에 박혀 앞으로 자빠졌다. 우리는 차가운 바닷물에 주저앉은 채 소리 내어 웃기 시작했다.

지난 연말이었다. 경찰 친구는 그 전 모임 때 약속한 대로 강포수가 사냥해서 직접 손질까지 해 준 멧돼지고기로 요리를 해왔다. 연말 모임이라 지난번에 보이지 않았던 사람들도 하나둘 '독주' 문을 열고 들어섰다. 주인장은 음식에 따라 모양과 색깔이 다른 접시에 야채와 과일을 담아 테이블을 채웠다. 친구는 멧돼지고기는 질기지만 그 맛이 정말 독특하다, 그렇기 때문에 어떻게 요리하느냐가 중요하다는 말을 들려주며 사람들을 둘러봤다. 각종 약재를 넣어 푹 삶았다는 멧돼지고기 수육은 부위별로 기다란 접시에 올려졌다. 언뜻 보면 쇠고기 같았다. 다른 사람은 어떤지 모르지만 평소 육고기를 즐기지 않는 내 입에는 텁텁했다. 생김새도 그렇고 마치 어릴 적에 먹던 칡을 떠올리게 했다. 씹던 고기를 와인으로 입안을 헹구듯 삼켰다.

"멧돼지 고기는 말입니다."

멧돼지 고기를 입에 넣고 우물거리던 사람들이 동시에 강포수를 쳐다봤다.

"아프리카의 원시부족은요, 마을 남자들이 사냥해온 멧돼지 고기를 먹을 땐 하나의 의식을 치르듯이 먹습니다. 신성한 음식으로 여겼던 거죠. 남자들은 뼈와 살을 발라내고, 여자들이 멧돼지로 요리하는 동안 마을 사람들이 모여들어요. 한 명이라도 보이지 않으면 추장이 사람을 시켜 데려오게 하죠. 고기를 먹기 전에 사냥한 사내들을 향해 수고했다며 칭찬을 해요. 그리고 고기를 잘라요. 가장 먼저 부드러운 부분은 씹기 힘든 노인에게 준답니다. 이가 빠지고 몸도 제대로 못 가누는 늙은이들이죠. 한때 훌륭한 전사였고 부족민들이 존경심으로 바라보던 이들이죠. 그 다음 영양가 높은 부위는 어린 아이들에게 주고, 나머지 부분을 한 사람도 빠짐없이 마을 사람들에게 나눠줘요. 사냥을 못한 날은 굶기도 했던 부족민들이 하나같이 고맙다고 인사하며 맛있게 먹죠. 누구 하나 불평하는 사람이 없어요. 그러다가 한사람이 일어나 춤동작을 하면 다 같이 일어나 춤을 춰요. 축제가 시작되는 겁니다."

 불빛을 받은 강포수의 얼굴에서 웃음이 보일 듯 말듯 떠올랐다가 사라졌다. 우리는 마치 모닥불 주위에 둘러앉은 원시부족의 원주민처럼 그를 쳐다봤다. 우리를 향한 그의 눈은 포수가 아니라 제사장의 눈빛이었다.

 "지난번에 멧돼지 사냥을 두고 제가 말실수를 했다면 죄송해요. 그 벌로 노래 한 곡 부르겠습니다."

 술기운이 올라 벌건 얼굴로 사람들을 둘러보며 나는 동의를 구했다. 그녀와의 식사자리 이후 경찰친구와 통화하면서 그녀를 어떻게 소개하게 됐냐고 물었다. 그는 잠시 머뭇거렸다. 지인의 부인인데, 아내한테 해주는 깜짝 선물이었다고 했다. 그리고 자기들에 대해서 밝히지 말아 달라는 부탁을 받았다고 대답했다. 친구의 머뭇거림에서 그 지인이 어쩌면 여기 이 자리에 있는 사람, 강포수일지도 모른다는 생각이 들었지만 더 이상 묻지 않았다. 친구가 좋아요, 소리치자 다들 웃으며 박수를 쳤다.

 "광막한 광야를 달리는 인생아…."

곱은달 이행기

첫 출근이다. 제주시 이도동 구남하우스에서 모던하우스를 지나 계속 직진하면 목적지인 제주문학관이 나올 것이다. 잠숙은 전날 자동차로 지났던 길을 천천히 걷는다. 겨우내 숨바꼭질하다가 잠든 아이처럼 숨어있던 5월의 풀꽃들이 사열하며 길을 내준다. 자주괭이밥의 분홍꽃, 파란 봄까치꽃, 서양민들레의 노란꽃, 하얀 시계풀꽃.

한 사람의 생이란 게 참으로 모를 일이다. 스스로 생을 마감해버린 사람이 있는가 하면, 막 자신의 꿈을 이루려는 순간 생을 마감해야 했던 선배. 잠숙은 어제까지 살던 집에서 떠나와 먼 섬의 창작공간으로 가는 길이다. 잠숙은 언제 죽어도 여한이 없을 만큼 원하는 삶을 살아왔다고 너스레 떨듯 말해왔으나 막상 죽을지도 모른다는 공황 상태에 빠졌을 때, 살고 싶었다. 아니, 살아서 하고 싶은 일이 남아 있었다. 구산마을입구 버스 정류소를 지나친다. 걸어서 30분, 걷기에 딱 좋은 거리다.

연말 공모전을 앞둔 어느 날, 꿈속 노파가 잠숙의 남은 생 운세를 풀어주었다. 꿈속에서 잠숙은 선배랑 둘이 산비탈을 겨우겨우 오르고 있었다. 눈에 젖은 나무는 지나치게 시커멨고, 나뭇가지는 사람이 일부러 만든 것처럼 기하학적으로 꺾인 모습의 겨울 산이었다. 발을 디딜 때마다 낭떠러지 같아 발 둘 곳을 찾을 수가 없는, 거의 조난 상태였을 때 구원의 목소리가 들렸다.
"여기로 오시면 됩니다."
대학생으로 보이는 젊은 남자가 오른편 위에서 손을 흔들었다. 둘은 마치 산신령이라도 만난 듯 그를 향해 발을 내딛었다. 그는 산신령이 아니고 산 정상 아래에 있는 암자 소속의 자원봉사자이며, 폭설에 길 잃은 사람을 구하기 위해 나섰다고 자신을 소개했다. 종말에 처한 인류라도 구하겠다는 기세였다. 살려줘서 고맙다는 인사를 몇 번이나 하고 돌아서는 두 사람에게 청년은 신고하고 가라며 한 곳을 가리켰다. 그곳에는 한 노파가 바위를 등지고 앉아 두 사람을 향해 손끝을 폈다 오므리며 손짓

했다.

"그래, 길을 잃을 때도 있지. 나도 길을 잃었었어. 나 찾으러 나선 사람이 길 대신 세상을 잃어버렸지만 말이야…."

혼잣말을 중얼거리던 노파는 두 사람에게 생년월일을 물었다. 잠숙은 노파를 향해 엉거주춤 허리를 굽혀 답했다.

"동화작가라고? 내년에 한 건이 물려있구먼. 아… 나도 어찌될지 모르겠다. 쥐고 있는 게 나을지…."

노파는 또다시 겨우 알아들을 수 있는 말을 중얼거리며 노파 앞에 펼쳐진 종잇장을 넘겨 다음 장을 펼쳤다.

"앞날이 훤하군. 봐봐. 보이지? 허옇게 텅 비어 있잖아?"

아직 아무것도 쓰지 않아 텅 빈 그 공책의 여백이 환하게 빛이 났다. 노파는 뒤쪽에 서 있는 선배의 생년월일을 물었다.

"자네는 62년생이야? 63년생이야?"

"지금까지는 63년생으로 살았어요. 이제부터는 62년생으로 살아볼까 해요."

키득거리는 선배를 향해 노파가 웃음 섞인 큰 목소리로

말했다.

"그래. 62년생이든 63년생이든 니가 원하는 대로 한번 살아봐!"

꿈이었다. 그때는 몰랐다.

노파의 예언처럼 지병으로 세상을 떠난 선배는 63년생으로 살다가 떠난 걸까. 62년생으로 살다가 떠난 걸까. 자신이 원하던 삶을 살기는 한 걸까.

길 건너 카페 파스쿠찌를 동무삼아 걷다가 '독사천'을 만났다. 이정표에서 한자 병기가 사라진 뒤부터 지명의 뜻을 짐작조차하기 힘들어졌다. 사는 동안 결코 만나고 싶지 않은 것 중의 하나가 독사毒蛇가 아닐까. 독사 같은 사람은 더더욱.

어느 늦은 밤 친구가 잠숙을 데려간 곳은 부둣가 근처의 한 식당이었다. 가는 동안 친구는 식당 주인 남자의 얘기를 들려주었다. 남자는 한때 배를 함께 탔던 사람이고 나이는 마흔이 다 돼가며, 양말 한 짝도 함부로 버리지 않고 꿰매 신는 사람이다. 아직 결혼 전인데, 세 가지 질문을 해서 맘에 드는 답을 하는 여자와 결혼하겠다는 말을 한 것까지. 슬쩍슬쩍 잠숙의 표정을 살피는 친구의 얼굴을 잠숙도 살폈다. 대학에서 만나 그때까지 많은 말을 했을 텐데 남자인 그 친구와 어떤 질문과 대답을 해왔는지 잠숙은 기억하지 못했다. 식당을 찾지 못해 골목골목을 기웃거리는 친구 뒤를 좇으며 잠숙은 식당주인 남자에 대해서보다 만약 그녀 자신이라면 어떤 질문을 할까하고 생각해보려고 했지만 막상 떠오르는 질문은 없었다.

한참을 헤매다가 두 사람이 도착한 곳은 규모가 꽤 큰 한정식 식당이었다. 작은 선술집 같은 가게를 상상했던 잠숙은 가게 문 앞에서 잠시 멈칫거렸다. 대갓집 대문을 열고 들어서듯 시간이 쌓이지 않은 붉은 나무 대문을 열고 들어섰다. 모양이 제각각인 바닥 돌을 징검다리 삼아 건너는 양옆으로 키 작은 정원수와 손질 잘 된 잔디가 깔린 마당을 지나자 다시 유리로 된 문이 나왔다. 홀 없이 방으로만 된 식당이었다. 남자는 두 사람과 간단한 인사를 나눈 뒤 맨 끝방으로 안내했다. 가부좌를 틀어 앉은 남자의 왼발이 잠숙의 눈에 들어왔다. 천을 덧대 꿰맨 양말을 신은 발이다. 남자 친구가 대학에서 만난 친구라며 잠숙을 조금 더 자세하게 소개했다. 남자가 식사 전에 세 가지 질문을 해도 되겠냐고 맞은편에 앉은 잠숙에게 물었다. 그녀는 웃음으로 답했다.

"왜 산다고 생각하십니까?"

"어제보다는 오늘이 더 낫고, 내일이 오늘보다 더 나을 거라는 믿음 때문에요."

남자는 양말의 덧댄 천의 솔기 부분을 만지작거리며 음식이 나오기 전에 내준 물병과 컵이 놓여 있는 식탁 위 한곳을 바라보았다. 뭐지, 저 표정은, 잠숙은 도움을 청하기 위해 친구를 쳐다보았다. 친구는 마치 그녀를 그곳에 데려다주는 것으로 자신의 역할이 끝났다는 듯 숨소리조차 들리지 않게 조용히 자리를 지키고 있었다.

잠숙에게는 꿈과 현실이 뒤엉켜버려 둘의 구분이 모호하듯 남자의 질문에 대한 대답이 실제 삶보다 먼저였다. 졸업한 대학에서 취직용 성적증명서를 발급받고 재학 때 즐겨 찾던 곳에 한참 앉았다가 돌아간 적이 있었다. 작은 연못이 있는 긴 나무의자에 앉았던 이십 대의 잠숙은 십 년 후, 이십 년 후… 늙어 죽어가는 모습 따위는 상상하지 않았다. 삶이 지속된다는 사실을 인정하는 것 자체가 고통스럽던 시기였다. 십 년이 지난 즈음에 다시 찾았을 때서야 비로소 그녀의 삶이 앞으로도 지속될 수도 있다는 사실을 깨달았다. 그녀의 것이자 그녀의 몸속 첫 아이의 것이기도 한 그녀의 몸의 앞날이 그녀의 앞날이기도 하다는 것을. 잠숙은 그날 그곳에 앉아 있는 자신이 이전의 그 어느 날보다 나았고, 어쩌면 앞으로도 더 나은 날들이 이어질 수 있으리라는 믿음이 자리 잡은 걸 느꼈다.

"사랑이 무엇이라고 생각하십니까?"

"상대가 목이 마른지 보석을 가지고 싶은지 살피는 거라고 생각해요. 물을 줄지 금은보화를 내밀지는 그다음 문제이구요."

사랑이 그런가, 그때는 알 것 같았는데 지금은 모르겠다. 잠숙은 남자의 왼발로 눈길을 보냈다. 그녀는 남자의 손이 가 있는 덧댄 천의 솔기가 자꾸 신경이 쓰였다. 실밥이 풀린다면 조각천은 양말과 분리될 테고, 바로 그 전까지 양말이었던 조각천은 어떻게 될지, 양말 구멍의 크기는 어느 정도인지, 남자의 발바닥이, 피부가 금방이라도 그 구멍으로 불쑥 드러날까 봐 시선을 뗄 수가 없었다.

"죽기 전에 하고 싶은 말이 있다면?"

임종 직전에 저승사자는, 만약 저승사자가 있다면 질문을 할까. 스무 살이 지나면서부터였던 것 같다. 잠숙의 질문에 척척 답해주는 스승이 있다면 하고 바랐던 게. 결혼을 잘 하고 돈을 잘 버는, 어떻게 하면 성공할 수 있는가에 대한 이야기보다, 선문답이 더 와닿던 시기였다. 왜 살아야 하는가가 아니라 어떻게 살아야 하는가에 초점을 맞췄다면 그녀의 생은 어떻게 달라졌을까. 알고 보면 답은 그녀 자신 속에 있다는 걸 당시 그녀는 남자의 질문에 답을 하면서도 몰랐다.

"잘 살다 가는구나."

잠숙의 입에서 나온 말이지만 그녀가 한 말이 맞나 싶어 잠숙은 남자와 친구를 번갈아 쳐다보았다. 그녀의 대답을 기다리기라도 한 듯이 음식이 때맞춰 나와 둘의 문답이 멈췄다. 그들은 식욕이라고는 없는 사람들처럼 느릿느릿하게 식사하고 술잔을 기울였다. 식순을 정해놓은 행사처럼 남자와 친구는 그동안 서로 어떻게 지냈는지, 그들과 같이 배를 탔던 다른 사람들의 소식을 전하며 얘기를 나눴다. 잠숙은 뭐지? 이게 끝이야 싶었으나 끝이 아니면 뭐, 그들의 말에 귀를 기울였다. 남자가 식당일로 몇 번 자리를 떴다가 다시 앉는 사이 잠숙과 친구는 배를 채우고 술도 어지간히 마셨다. 자정 전에는 전철을 타야 한다며 자리에서 일어서려는 잠숙을 정면에서 쳐다보며 남자가 물었다.

"결혼은 하실 거지요?"

"아마도요."

"그럼, 결혼상대로 어떤 남자를 원하십니까?"

글쎄. 그때까지 잠숙에게 그런 건 없었다. 결혼상대로 '어떤 남자'. 얼마 전 노래방에서 '꿈의 대화'를 마지막 곡으로 부르고 돌아오는 새벽길에 잠숙은 그 노랫말을 쉼없이 되뇌었다. "땅거미 내려앉는 어두운 거리에 가만히 너에게 나의 꿈 들려주고, 내가 제일 좋아하는 석양이 질 때면, 네가 제일 좋아하는 언덕에 올라 나지막이 서로의 빈 곳"을 채울 수 있는 남자여야 한다는 걸 처음으로 깨달은 것처럼.

이제 길 건너 동무는 다이소다. 잠숙은 비박용 등산배낭 짐을 꾸릴 때면, 살아가는 데 필요한 것들이 딱 그 정도면 되는데, 너무 많은 것을 가졌다고 생각했다.

문학상 공모전을 앞둔 어느 가을, 마감일 전에 단편소설 원고를 보내기로 맘먹은 날이었다. 꿈속에서 잠숙은 집안행사가 있던 시댁에서 나오는 중이었다. 배웅을 나온 시어머니가 잠숙에게 큼직한 보따리를 건넸다.

"이거 원고지 2,000장 분량의 글이다. 집안의 어른이 남긴 유품인데, 니가 가져가서 책으로 내든지 알아서 해라."

보따리를 차에 싣고 집으로 향했다. 차는 갑자기 고속도로를 달리다가 휴게소 주차장으로 들어갔다. 화장실로 향하던 잠숙은 주차장으로 들어서는 차를 보며 무심코 돌아섰다. 방금 주차한 차에서 한 남자가 쓰러질 듯 비틀거리며 내렸다. 부축이라도 해주려고 다가갔던 잠숙은 그 남자가 세계적인 축구선수 손흥민임에도 불구하고 전혀 놀라지 않은 채 물었다.

"도와드릴까요?"

"아, 많이 힘든데… 행사 약속시간이 다 돼서 가야 해요."

그는 마치 그 말을 하기 위해 차에 내린 사람처럼 다시 차를 타고 떠났다. 그녀 역시 화장실이 아니라 자신의 차로 향했다. 남자 셋이 급한 일이라도 생긴 듯 뛰다시피 잠숙 곁을 지나쳐갔다.

"거기 가면 주차할 곳이 있을까요?"

잠숙의 물음에 남자들은 자기들도 주차를 못할까 봐 여기에 주차해두고 걸어가기로 했다며 앞서갔다. 잠숙도 그래야겠구나 생각하며 차에 뒀던 귀중품을 주섬주섬 챙기다가 보따리의 보자기를 풀었다. 펼쳐진 보자기에는 원고지 뭉치가 아닌 5만 원권 돈다발이 그득했다. 꿈을 깬 잠숙은 응모를 앞둔 원고가 어쩌면 대박이 날 꿈인지도 모른다는 생각이 들어 원고 마감 날까지 원고를 다듬고 또 다듬었다.

거의 다 왔어, 생각했으나 아직 아니다. 길가 밭담 너머 나무에 하얀 꽃이 매달려 있다. 처음 본 꽃이지만 생김새가 비슷한 걸 보니 귤과 탱자는 같은 '과'에 속하겠군, 아침에 해를 등지고 가니 저녁에는 석양을 등지겠는 걸, 다 와 갈 텐데 아직 많이 남았나 생각하는 사이에 오등동 입구 버스 정류소가 마중 나와 있다. "오등은 자에 아 조선의 독립국임과 조선인의 자주민임을 선언하노라."

곱은달 이행기 177

반사 신경처럼 읊조리게 되는 '기미독립선언서'의 시작말 '오등'. 개인의 역사는 태어나는 순간과는 다르게 시작되기도 한다. 잠숙이가 가출한 이튿날 엄마를 만났을 때, 엄마가 이미 모르는 사람 같았던 그 순간에 잠숙의 시간이 시작된 것처럼. 잠숙의 독립은 자취생활로 시작해 결혼과 동시에 끝이 났다. 지금도 길거리 게시판이나 가로등에 '방 있음' '전세 있음' 글자만 보면 걸음을 멈춰 자세히 들여다보는 자신의 모습에서 잠숙은 아직 끝난 게 아니구나 생각한다. 방 2칸에 저 정도면 비싼 거 아냐, 전세 가격 치고는 괜찮은데 나만의 작업실로 구해보는 건 어떨까? 그런 생각에 잠긴 그녀 자신이 늘 낯설다.

꿈속 잠숙의 집은 제각각이다. 집 1은 그동안 쭉 살아온 집임에도 불구하고 처음 문을 열어본 방이 있을 만큼 방이 많다. 집 2 역시 방이 많은 대저택인데, 태풍이 몰아치기라도 하면 방방이 비바람이 들이닥쳐 집안이 온통 물바다가 되기도 한다. 집 3은 집에서 나오면 바로 옆 숲으로 이어지는 길이 있는 펜트하우스다. 집 4 집 5 집 6… 꿈속 세상에는 잠숙의 집이 몇 채인지도 모를 만큼 많다. 저세상으로 간 잠숙의 언니가 꿈속 세상에서는 여전히 함께 웃고 운다.

"어쩌면 내 분열증은 그때부터였지 않을까 하는 생각을 종종 해. 아마 중학교 때였을 거야. 내 손가락들이 천정을 막 돌아다니는 꿈을 꿨을 때 말이야."

언니의 꿈은 마치 잠숙이가 꾼 것처럼 생생하다. 언니와 함께 사는 동안에도, 언니가 떠난 후에도 잠숙은 언니가 꿈을 꾼 것처럼 자신의 손가락뿐만 아니라 발가락이, 귀와 코가 제멋대로 막 돌아다니는 꿈을 꾸게 될까 봐 늘 조마조마했다.

"그 이전에도 징후가 있었던 것 같기도 해. 아주 어릴 때부터 난 동네 어른들의 말을 다 알아들었거든. 동네 어른들도 쪼그마한 나를 말동무 삼아 온갖 얘기를 했는데, 나도 동네 어른들도, 아무도 그걸 이상하게 생각하지 않았다는 게 이상하지 않아?"

언니의 말을 듣다 보니 이상한 것 같기도 하지만 이상하게 생각하지 않은 사람들이 당연한 것도 같았다. 여섯 형제의 둘째이자 맏딸인 언니는 잠숙의 집에서 특별한 존재였다. 언니를 특별하게 만든 많은 일 중에 압권은 우물사건이다. 우물의 물이 식수였던 시절이었다. 민속박물관 같은 곳의 우물에는 지붕이 있고, 지붕에 매달린 두레박으로 우물의 물을 길어 올리지만 당시 잠숙이네 우물은 그냥 아이들 키높이 정도의 돌담이(시멘트였나?) 바닥의 깊이를 가늠할 수 없는 우물을 둘러싼 설치물의 전부였다. 아이든 어른이든 목이 마르면 그 검은 동그라미 속으로 두레박을 던져 넣어 물을 길어 올렸다.

  하루는 잠숙의 바로 아래 남동생이 그만 그 우물 속에 빠지고 말았다. 언니가 두레박줄을 우물 밖에서 붙들고, 남동생은 우물 안에서 두레박에 매달렸지만 밖으로 끄집어내기에는 역부족이었다. 농번기여서 잠숙네 집이나 이웃에 어른들이라곤 없어 동네 밖으로 찾으러 나선 사람은 잠숙이었다. 그녀는 말이 너무 빨라서 어른들이 잘 못 알아듣는 말을 더 못 알아듣게 소리치며 마을에서 가장 멀리 떨어져 있는 잠숙네 논과 밭으로 달음질쳤던 것 같다. 부모님을 모시고 집으로 돌아왔을 때는 이미 남동생은 우물 밖 마루에 앉아 있었다.

  "언니, 그때 엄마 아버지한테 간 게 나 맞아?"
  "글쎄."

언니의 대답이 짧을 때면 잠숙은 그 일이 실제로 있었던 일이 아니었나 생각하기도 했다. 동생을 살린 언니 자신은 정작 중학교 때 죽고 싶어 학교가 아니라 앞산으로 간 적이 있다고 했다.

"아마 산꼭대기 근처까지 갔을 거야. 도착하니까 희한하게도 배가 고픈 거야. 가방 안에 있는 도시락을 꺼내 먹고 그늘에 드러누워 한참을 있었던 것 같아. 잠이 들었던 건지, 정신을 차리고 보니 해가 설핏 기울더라구. 그래서 그냥 내려왔어."

어린 언니는 무서운 게 없었다. 밤길도 잘 다녔고, 잘못하면 어른이라도 따져 물었다. 아버지에게 회초리를 맞을 때(언니 인생에 딱 한 번이었다) 언니의 손바닥은 맞을수록 더 빳빳하게 펴졌고 언니 입에서는 비명 한마디 새 나오지 않았다.

"언니는 백사白蛇가 있다고 생각해?"

"있지 않을까?"

"초등학교 때 백사골 아래서 소 풀 먹이며 동네 할매한테 백사가 많아서 백사골이라는 이야기를 지어내서 한참을 떠들어댔거든. 그 할매가 내 말이 진짜인 것처럼 듣고 있었던 일이 가끔 떠올라. 그 할매는 알고서도 모른 척한 걸까, 아님 내 말을 진짜로 믿은 걸까?"

"그거보다 백사가 진짜 있는지는 알아봤어?"

"그 일이 떠오를 때마다 그 할매의 생각이 너무너무 궁금해."

"왜?"

"몰라. 내 글을 사람들이 어떻게 생각하는지, 진짜라고 생각하는지 가짜라고 생각하는지는 사실 한 번도 궁금하지 않았거든. 그 할매 생각은 너무 궁금해. 살아있음 지금 당장이라도 물어볼 수 있을 텐데…. 죽은 사람한테는 절대 물어볼 수 없다는 거, 죽는다는 건 그런 건가?"

"혹시나 말이야… 니가 퇴근해 왔을 때, 언니가 죽어 있더라도 너무 놀라지마."

언니에게서 그 말을 들은 뒤 오래 지나지 않아 잠숙은 결혼했다.

길 건너 동무는 부민장례식장이다. 요양병원에서 응급실로 가는 차 안에서 아버지는 오빠에게 집으로 가는 거냐고 몇 번이나 물었다고 한다. 아버지는 집이 아니라 병원 응급실임을 알고 나서 말문을 닫았고 사흘 만에 돌아가셨다.

　잠숙은 꿈속 낯선 동네 입구 구멍가게에서 매물로 나와 있는 집의 위치를 물었다. 온 동네를 찾아 헤매며 가까스로 찾은 집은 좁은 골목길 맨 끝 집이었다. 사립문 안 마당에는 온갖 풀꽃들이 집 뒤 벼랑에서 불어오는 바람에 하늘거렸고, 기역 자 모양의 집 창문을 통해 보이는 집안은 노인들로 가득 차 있었다. 아니 차 있는 정도가 아니라 셀 수 없이 많은 노인이 바깥으로 튕겨 나오지 않으려고 안간힘을 다해 문고리와 기둥을 붙잡고 버둥거렸다. 노인들로 그득한 커다란 아메바 같은 집은 금방이라도 노인들이 도토리처럼 튕겨 나올 듯이 살아서 꿈틀거렸다. 잠숙이가 막 집안으로 들어서려는데 뒤쪽에서 급하게 걸어오는 발소리가 들렸다.

　"아, 잠깐만요! 그렇게 남의 집에 함부로 들어가면 어떡해요?"

　몸집이 큰 중년의 여자가 당황한 듯 벌겋게 달아오른 얼굴로 잠숙을 향해 달려오며 소리쳤다.

"동네 앞 가게주인이 매물로 나온 집이라며 가보라고 하던데요?"

숨을 헐떡거리며 여자가 사립문 앞을 가로막고 섰다.

"아직 결정한 게 아니란 말이에요! 돈이 급하긴 하지만… 암튼 집 안으로 들어갈 게 아니라 다른 데 가서 얘기해요."

"전, 집을 보고 싶은데요?"

여자가 잠숙의 등을 돌려세웠다.

동동의자 앞에서 잠시 걸음을 멈춘다. '동동'과 '의자'가 묘하게 참 잘 어울린다. 이 섬의 간판 이름들은 하나같이 특이하고도 썩 괜찮아서 유심히 보게 만든다. 간판, 시골 어른들은 "뭐니 뭐니 해도 간판이 중요하다."고 했다. 잠숙도 소설가라는 그 '중요한 간판'을 달고 그곳에 서 있다. 한번 들어가 볼까하는 생각조차 않는다. '마수걸이'를 하지 않는 첫 손님이 될 수는 없다. 대신 가게 앞에 놓인 의자에 앉아 잠깐 쉬었다 가도 되지 않을까? 가게 유리창 앞 여러 종류의 의자들 사이에 표면이 초록인 테이블과 긴 나무 의자를 발견하고는 기웃거리다가 다시 발걸음을 옮긴다.

"나는 말이야, 한 사람의 생이란 게 사는 동안 다른 건 아무것도 하지 말고 평생에 걸쳐 완성해야 하는 단 한 가지 숙제만 주어지면 좋겠어."

언니가 세상을 떠나기 전에 한 말이다.

"어떤 거?"

"예를 들어 커다란 천에 내가 그리고 싶은 작품을 단 하나만 완성한다든지, 큰 방의 벽면과 천장을 빈틈없이 그림으로 메꾸는 그런 거 말이야."

"맞아. 언니가 중학교 때 만든 크리스마스카드 진짜 예뻤어. 종이를 잘라 접어 그림을 그리고 물감을 칠해서 만들었잖아. 카드를 말리기 위해 아랫방 벽에 마치 전시하듯 걸어둔 풍경이 지금도 눈에 선해."

낮에는 겨울잠을 자는 동물처럼 꼼짝 안 하다가 해가 지고 집 밖이 어두워져야 자기 방에서 나오던 언니였다.

길 건너 풍경이 달라졌다. 숲인가 싶더니 계곡이다. 방선문訪仙門 계곡. 차도와 나란히 따라왔던 인도가 사라지고 계곡으로 내려가는 길이 나타났다. 잠숙은 갈 길을 잃어 주위를 두리번거렸다. 물이 흘렀던 흔적이라곤 없는 바싹 마른 계곡의 바위틈을 비집고 자란 나무숲의 검은 그늘을 파란 하늘의 조명탄 같은 흰 낮달이 밝혀주었다. 숲 그늘 속으로 들어가니 초승달 흰 부분에 줄로 매단 듯 오두막이 나타났다. 얼핏 봐서는 집인지 덤불인지 구분이 가지 않을 정도로 담쟁이에 뒤덮인 오두막집이었다. 간판 같은 게 보이지 않은 걸로 봐서는 가게는 아닌듯했다. 잠숙은 덤불 속 초록색의 외짝 여닫이문 앞에 잠시 섰다가 돌아섰다. 잠숙이 몇 걸음 채 옮기지 않았을 때 문 열리는 소리가 났다. 흰저고리에 초록치마를 입고 하얀광목 앞치마 차림을 한 여자가 열린 문 옆에 서 있었다.

"들어와서 차 한 잔하고 가셔도 됩니다."

밖에서 볼 때와는 달리 집안은 꽤 널찍했다. 집 안은 출입문을 기준으로 양쪽이 흙벽으로 둘러싸여 있었다. 기다란 원목의 탁자가 놓여 있는 오른쪽 창가 자리로 여자가 잠숙을 안내했다. 여섯 명 정도는 넉넉히 앉을 만큼 큰 탁자였다. 잠숙은 백팩을 내려놓으며 집 안을 살폈다. 왼쪽 창가에 놓인 커다란 탁자 위에 색색의 종이 뭉치가 쌓여있었다.

출입문에서 대여섯 걸음 정도 안쪽은 잠숙의 키 높이 정도의 또 다른 흙벽이 공간을 분리하듯이 가로막고 있어 그 안쪽은 보이지 않았다. 집 안에는 여자 말고 다른 사람의 인기척은 없었다. 오래되고 낡은 집에서 나는 독특한 냄새 대신 숲속에서 맡을 수 있는 숲향이 은근하게 덤불 집 안을 맴돌았다. 백팩 안에는 노트북만이 아니라 책까지 들어 있어 목과 어깨가 뻐근했다.

"요즘 어떤 책을 읽으시나요?"

"네?"

여자의 질문내용이 뜻밖이다. 못 들어서라기보다 확인하기 위해 잠숙은 여자에게 되물었다.

"어떤 책을 읽고 계시나 궁금해서요."

"음… 이것저것 읽고 있어서…요."

잠숙은 마치 평생 처음 듣는 단어이듯 그 말을 곱씹었다. 읽고 있는 책이 무엇인가라니. 살아오는 동안 몇 번이나 받아본 질문일까. 한 손이면 충분할 것이다.

"아직 그 책을 읽지 않았다고?"

오래전, 어두운 학사주점 한 귀퉁이 술자리에서 남자

선배가 높은 목소리로 다그쳐 물었다. 그의 웃음에 그의 노래에 그의 말 한마디 한마디에 빠져있던 잠숙에게 그의 반응은 수치였다. 뭣보다 독서량이 부족하게 보인다는 것을 용납할 수가 없었다. 그녀는 어떠한 변명도 공격도 하지 못한 채 술자리가 끝이 났다. 헤어져 집으로 가는 길에 오히려 버스를 타고 지나다니며 유심히 봤던 선배네 가게 장사는 잘되냐 같은 엉뚱한 질문을 한 자신에게 화가 났다. 잠숙에게 반격의 기회가 드디어 찾아왔다.

"크리스마스쯤 술에 취해 집으로 가는 길이었는데 말이야. 골목 끝에 성당이 딱 보이는 거야. 때가 때이기도 해서 가봤지. 그런데 성당 문이 닫혀 있지 뭐야. 난 뭔가 아주 절실했고, 반드시 성당 안으로 들어가야 했거든. 길 잃은 어린 양이 찾아들었는데, 문이 닫혀 있다니, 그러면 안 되는 거 아냐!"

"선배님, 혹시 『인간의 굴레』라는 책 읽으셨어요?"
"아니."
"아직 그 책을 못 읽으셨다니…. 봐요! 나는 읽었지만, 선배님은 읽지 못한 책이 있듯이 당연하게 읽어야 할 어떤 책이 있는 건 아니지 않아요?"

선배가 대수롭지 않다는 듯이 웃어넘기는 바람에 그날 잠숙의 반격은 싱겁게 끝나버렸다.
　덤불집 주인의 질문에 잠숙은 집을 나서기 전에 백팩에 넣은 책 생각이 났다.
　"가방 안에 든 책은 올가 토카르추크의 『낮의 집, 밤의 집』인데, 아직 읽지는 못했어요."
　"차 준비해올 테니 잠깐 앉아계셔요."
　반쪽짜리 흙벽 너머로 모습을 감추었던 여자가 다구들이 올려진 쟁반을 들고 나타났다.
　"꽃차입니다."
　하얀 꽃이 찻잔에서 노란 속을 드러내며 피어났다.
　"이곳은 눈에 잘 띄지 않아 찾아오는 사람이 거의 없는데, 용케 오셨군요."
　"길을 잃은 줄 알았어요."
　"목적지가 어디였는데요?"
　"제주문학관요."
　잠숙의 말에 여자는 말없이 고개를 끄덕였다.
　"이 집은 가게도 아니고 가정집 같아 보이지도 않아요?"

"음… 제 작업실입니다."

"혹시, 그림을 그리시나요?"

"그림이라고도 할 수 있지요. 혹시 가화라고 들어보셨어요?"

잠숙은 '가화'라는 말에 소스라치게 놀랐다. 그녀가 이 먼 섬으로 온 것도 가화와 관련돼 있었기 때문이다. 구상하던 장편소설의 소재여서 틈틈이 가화 관련 자료를 모으며 글을 쓰기 시작했으나 얼마 쓰지 못하고 그만 손을 놓아버린 상태였다. 집이 아니라 그녀만의 작업실 같은 곳이라면 집중해서 쓸 수 있을 거 같아 창작공간 입주를 신청했다.

"초등학교인가 중학교 운동회 때, 손가락에 끼우고 메스게임을 하기 위해 종이꽃을 만든 적이 있어요. 또 마치 제 기억이 아닌 것처럼 여겨지는 불쑥불쑥 떠오르는 장면에도 종이꽃이 있어요. 네모반듯한 얇은 종이를 언니와 내가 여러 개의 선이 나타나게 접으면, 엄마와 할머니가 접어서 꽃을 완성했어요. 다리가 저리도록 밤늦게까지 만들다 보면, 꽃 무더기로 방 안이 가득 찼어요. 할머니와 부모님, 언니마저 없으니 그 많은 종이꽃을 왜 접었는지 물어볼 수가 없어서 실제로 일어난 일이 맞나 싶을 때도 있지만요."

"가화를 알고 계시다니 뜻밖이군요. 가화假花도 비단으로 만든 건 채화綵花라 하고, 종이로 만들면 지화紙花라고 하죠. 종이꽃은 예전에 절에 가면 흔히 볼 수 있었어요. 종이꽃을 많이 만드셨다면 아마도 절에서 쓰기 위해서 만들었지 싶어요."

"이곳에서 염색도 하시나요?"

"아니오. 꽃만 만들어요."

잠숙은 맞은편에 앉아서 그녀 앞에 놓인 빈 찻잔을 채워주는 여자가 문을 열어 준 여자와는 다른 사람 같아 찬찬히 살폈다. 빗질 자국을 따라 흰머리카락이 듬성듬성 드러나는 머리카락을 뒤로 쓸어 넘겨 쪽을 짓듯 묶고, 흰저고리를 입은 작은 상체, 짙은 초록색치마를 입고 꽃이 수 놓인 흰광목 앞치마를 입고 앉은 겉모습이 처음 문 앞에 서 있던 여자가 틀림없다는 확신이 서지 않았다. 뜨거운 김과 함께 비릿한 향기가 나는 찻잔에서 하얀 꽃잎이 펼쳐졌다.

"설마 직접 만든 꽃은 아니겠지요?"

"후, 꽃은 아니지만, 꽃차는 제가 만든 게 맞아요."

잠숙은 여자의 낮은 웃음소리가 현악기소리처럼 들렸다. 살다 보니 이런 날도 있어, 잠숙이 예상치 못한 일을 겪을 때면 속으로 언니에게 하는 말이다.

"저기 테이블 위에 쌓여있는 종이 뭉치가 가화 만드는 재료인가 봐요?"

"네. 제가 만든 꽃 보여드릴 테니 잠깐만요."

여자가 다시 흙벽 너머로 사라졌다가 빨간 보자기로 감싼 네모난 물건을 들고나왔다. 보자기 매듭을 풀고 작은 상자 뚜껑을 여니 이제 막 봉오리를 펼친 듯 새까만 꽃 한 송이가 나타났다.

"꽃이, 까만 꽃이네요!"

잠숙이 휘둥그레진 눈으로 여자를 바라보았다. 여자는 마치 잠숙의 반응을 예상한 듯 환하게 웃었다.

"까만 꽃을 본 적이 있으세요?"

잠숙은 창의 반대편 벽면에 색색의 종이 색이 반사 되어 물비늘처럼 찰랑대는 빛 물결을 쳐다보며 까만색 꽃을 떠올려 보려 애썼다. 붉은색이 짙어 검은빛으로 보이는 흑장미는 있지만, 여자가 보여주는 것 같은 새까만 꽃은 본 적도 들은 적도 없었다.

"본 적도 들은 적도 없는걸요."

"흔히 검은색을 죽음의 색이라고 하잖아요. 장례식에 검은 상주복을 입는 것처럼요. 그런데, 알고 보면 검은색이야말로 가장 화려한 색이에요. 색이란 색을 다 섞으면 나오는 색이니 모든 색을 다 품고 있는 셈이지요."

"맞아요. 미술 시간에 팔레트에 짜놓은 색색의 물감이 섞여 까맣게 변했던 기억이 나요."

"그래서 죽는다는 건 어쩌면 찬란한 환생인지도 모른답니다. 사라지는 게 아니라, 세상의 온갖 빛깔로 다시 태어나는 것인지도요."

잠숙은 언니를 마지막으로 떠나보낸 날을 기억한다. 언니의 주검을 화장하던 화장장 바로 앞 검푸른 덤불은 흰나비 떼 같은 찔레꽃으로 덮여 있었다. 하얀 찔레꽃 덤불 상여가 언니를 싣고 간다고 생각했다. 언니의 유서는 짧았지만 그 뜻은 분명했다. 언니는 나무 아래 묻혀 언니 자신이 그렇게 원하던 작품이 된 것일까.

세 번째 받은 차를 마시던 잠숙은 그만 사레가 들어 기침이 터져 나왔다. 여자가 일어나서 좀 전보다 높은 음성으로 말하며 잠숙 곁으로 다가왔으나 그녀는 기침을 하느라 여자의 말을 알아듣지 못했다. 잠숙은 의자에서 일어나 바닥에 쪼그려 앉으며 숨이 넘어갈 듯 기침을 해댔다. 정신을 못 차릴 정도로 나오던 기침이 잠시 멎는 사이 잠숙은 백팩을 어깨에 짊어지고 작은 앞 가방을 목에 걸었다.

"아, 켁켁, 이만 켁켁, 가야겠어요."

여전히 잔기침을 하며 걸음을 옮기던 잠숙의 앞을 건물이 가로막았다. 건물은 길가에 접하지 않은, 마치 계곡 아래서 순식간에 자라 올라온 것처럼 서 있다. 건물 앞의 키 큰 소나무 몇 그루가 세로획을 그어 건물의 이름을 지워버렸다. 주차된 차들이 보이고 주차 안내판에 작은 글씨가 보였다. 제주문학관. 상상의 동물 해태가 그 나뭇잎을 먹는다는 전설의 보라색 멀구슬나무꽃이 잠숙을 맞이했다.

*곱은 달 : 굽은 달(초승달), 구부러진 언덕, 고운 달, 숨어있는 달 등 여러 가지의 뜻을 담고 있다.

작품 해설

상처의 치유와 밥의 미학

이원화(소설가)

타인과 독주

한 심리학 이론은 인간관계의 영역을 가족관계, 이성관계, 교우관계, 직업적 동료관계로 나눈다. 이 네 가지 영역 중 한 영역의 인간관계가 결핍되거나 불만족스러울 때, 인간은 고독을 느끼게 된다고 한다.

옥경숙의 소설은 과거와 현재를 넘나들며 인간관계에 집중하고 있다. 소설에는 사교의 장이기도 하는 카페가 등장하는데, 카페의 이름이 「포수와 식탁」에서는 '독주', 「빨간 눈표」에서는 '타인'이다. 옥경숙이 소설을 쓰면서 얼마나 사람의 마음을 섬세하게 들여다보는가가 드러난다.

단편 소설 여섯 편이 묶인 『오이 꼭다리 쓴맛, 호박잎 된장국』은 한 여성의 성장기이자 작가의 성장기로 읽힌다. 이미 해가 저물어 어둑한, 더구나 비까지 내리는 다랭이논에서 모를 심는 「빨간 눈표」가 초등학교 5학년 소녀라면, 시간이 지나 대학 졸업 후 아르바이트로 영어와 일본어 회화 테이프를 판매하면서 겪었던 인간관계를 그린 「기억의 방식」은 20대를 그리고 있다. 언니의 죽음을 그린 「곱은달 이행기」와 마치 한 편처럼 쓰고 있는 「오이 꼭다리 쓴맛, 호박잎 된장국」은 현재의 나이면서, 죽음에 대한 무거운 화두를 던진다. 생존에 직결되는 밥을 그린 「포수와 식탁」과 「서술어 사전, 펠롱」은 지난한 삶의 여정을 지나 안정기에 든 50대 여성 화자의 눈을 통해 개개인이 처한 우리사회의 한 단면을 섬세하게 그린 소설이다. 소설의 무대를 제주도로 옮긴 「곱은달 이행기」와 「서술어 사전, 펠롱」은 작가의 새로운 창작 세계를 보여주며 펠롱의 제주도 말인 반짝처럼 빛난다.

인생의 세 가지 질문

옥경숙의 소설의 큰 축은 소통의 부재와 죽음에 대한 고통, 또는 애도이다. 이 소설집의 표제작인 「오이 꼭다리 쓴맛, 호박잎 된장국」에서 친구의 죽음은 주인공에게 한없는 무기력과 고통으로 다가온다. 그 고통은 인간의 생존에 가장 근본이기도 한 먹어야만 생명이 유지되는, 밥에 이르러 알 수 없는 통증으로 나타난다. 통증은 새로운 통증으로 이어지며 나를 무력화시키는데, 그 누구도 심지어는 의사마저도 이해할 수 없는 지경에 이른다.

「곱은달 이행기」에서 주인공 잠숙은 인생의 세 가지 질문에 맞닥뜨린다. "왜 산다고 생각하십니까?"(172쪽), "사랑이 무엇이라고 생각하십니까?"(173쪽), "죽기 전에 하고 싶은 말이 있다면?"(173쪽) 결혼을 위한 선택에 앞서 먼 바다에서 돈을 벌어와 식당을 차린 남자는 둥근 구멍을 기운 양말의 솔기를 만지며 묻는다. 양말의 그 구멍이 인생의 허방을 가리키는 말이라면, 그 구멍을 덧댄 조각천은 그 허방을 메우려는 몸부림은 아니었을까.

그의 당당함은 구멍에서 오는 것인가, 조각천에서 오는 가.

옥경숙 작가는 여섯 편의 소설을 통해 이 질문을 화두 삼아 답하고 있다.

> 사랑이 그런가, 그때는 알 것 같았는데 지금은 모르겠다. 잠숙은 남자의 왼발로 눈길을 보냈다. 그녀는 남자의 손이 가 있는 덧댄 천의 솔기가 자꾸 신경이 쓰였다. 실밥이 풀린다면 조각천은 양말과 분리될 테고, 바로 그 전까지 양말이었던 조각천은 어떻게 될지, 양말 구멍의 크기는 어느 정도인지, 남자의 발바닥이, 피부가 금방이라도 그 구멍으로 불쑥 드러날까 봐 시선을 뗄 수가 없었다.(「곱은달 이행기」, 173쪽)

「곱은달 이행기」에서 주인공 잠숙은 꿈속에서도 집을 찾아 헤매는 악몽에 시달린다. 여러 채의 집이 있으나, 돌아갈 집이 없는 꿈. 조현병으로 자신을 어찌지 못했던 언니의 죽음과 63년생이지만 62년생으로 살고자 했던 친구의 죽음, 집으로 가고 싶어 했으나 병원 응급실에서 돌아가신 아버지의 죽음은 소통의 단절을 의미한다. 죽은 사람한테는 절대로 물어볼 수 없는, 죽는다는 것은 그런 것이다. 잠숙이 거주지에서 제주문학관까지의 거리

곳곳에 자신의 마음을 이입移入시키며 걷는 길은, 작가로서 장편소설을 완성하기 위해 가는 길이다. 그것은 참으로 모를 일로(167쪽) 다가오는, 누구도 알 수 없는 한 인간의 삶의 변화가 담긴 길로, 과거와 현재를 넘나들며 색色의 변화를 통해 언니의 삶을 조명하고, 꿈인 듯 환상인 듯 언니와 화해한다.

> 잠숙은 어제까지 살던 집에서 떠나와 먼 섬의 창작공간으로 가는 길이다. 잠숙은 언제 죽어도 여한이 없을 만큼 원하는 삶을 살아왔다고 너스레 떨듯 말해왔으나 막상 죽을지도 모른다는 공황상태에 빠졌을 때, 살고 싶었다. 아니, 살아서 하고 싶은 일이 남아 있었다.(「곱은달 이행기」, 167쪽)

어릴 적에 시작된 언니의 조현병은 잠숙의 결혼 후 마침내 극단적 선택으로 이어지는데, 언니의 죽음은 잠숙의 꿈으로 이어지고 잠숙은 꿈속에서도 고통받는다.

> "아마 산꼭대기 근처까지 갔을 거야. 도착하니까 희한하게도 배가 고픈 거야. 가방 안에 있는 도시락을 꺼내 먹고 그늘에 드러누워 한참을 있었던 것 같아. 잠이 들었던 건지, 정신을 차리고 보니 해가 설핏 기울더라구. 그래서 그냥 내려왔어."(곱

은달 이행기」, 181쪽)

「곱은달 이행기」에서 자살을 결행하려던 중학생 언니는 배가 고파 죽지 못하고 밥을 먹고 잠을 잠으로써 다시 살아갈 힘을 얻는다면, 「오이 꼭다리 쓴맛, 호박잎 된장국」에서 나는 유방암이 재발해 죽은 그녀의 부고를 받고 음식을 삼키지 못해 배고픔과 이유를 알 수 없는 통증과 잠을 자지 못하는 불면으로 여위어 간다. 죽음은 살아남은 자들에게 더 큰 고통을 안기는데, 훗날 조현병으로 고통받던 언니의 자살 이후 죽음은 다시 「오이 꼭다리 쓴맛, 호박잎 된장국」에서 더욱 고통스럽게 변주된다. 나는 "아직 여름 기운이 남아 있는 선선한 날씨임에도 불구하고 엄청난 추위로 통증"이 시작된다. 일인칭으로 쓰인 나를 「곱은달 이행기」의 잠숙으로 읽어도 무방할 듯하다.

일반적으로 소설의 첫 문장은 간결하고, 분명하게 쓸 것을 주문한다. 「오이 꼭다리 쓴맛, 호박잎 된장국」의 첫 문장이자 문단은 "나는 다만 내게 일어난 일을 이야기하고 싶었다."이다. 우리는 귀를 닫은 시대를 살고 있다. 누구도 남의 이야기를 들으려 하지 않는다. 오죽하면 세 사람이 만났는데, 두 사람이 이야기하고 있다고 할까. 소통의 부재는 소설 「빨간 눈표」에서 말한다. 계산대에서 노인들이 물건값을 계산하는 동안 자신이 왜 그 물건을 사러 왔는지에 대해 꽤 오랫동안 계산원을 잡고 얘기한다고(55쪽).

「오이 꼭다리 쓴맛, 호박잎 된장국」의 주인공 나는 코로나19의 괴질이 횡횡하는 시대, 그녀의 죽음 이후 극심한 통증에도 불구하고 쉽사리 병원에도 가지 못한다. 겹겹이 닫힌 문을 통과해 "정상체온이 지구 곳곳의 출입문을 통과하는 필수 조건"(105쪽)이 된 병원에서 마스크로 얼굴을 가린 채 두 눈만 보이는 의사가 겨우 말한다. 해 줄 수 있는 것이 없다고.

"옷을 여러 겹 껴입어도 추워요. …목에 뭐가 걸린 것처럼 답답하고 심장 뛰는 소리가 귀에 울릴 정도로 크게 들리고요."
(「오이 꼭다리 쓴맛, 호박잎 된장국」, 105쪽)

반팔 티셔츠를 입고 지나치는 사람들 속에서 칙칙한 겨울 패딩점퍼를 입고 잔뜩 움츠린 모습으로 걷고 있는 내 모습은

마치 서로 엇갈린 두 세계의 한 편에 있는 듯했다.(「오이 꼭다리 쓴맛, 호박잎 된장국」, 108쪽)

그럼에도 불구하고 병원에서는 나에게 해 줄 수 있는 것이 없다. "마스크 너머의 얼굴, 두 눈만이 보이는 얼굴에서는 상대방의 감정변화와 의도를 알아내기"(105쪽)는 요원하다. 추위에 떨며 쇼핑을 하듯 병원을 전전하는 '나'는 사실 가족에게도 이해받지 못한다. 가족마저도 철저하게 타인이자, 어쩌면 죽는 순간까지 내가 짊어지고 가야 할 짐인 것이다.

그녀와 나는 언제든 카카오톡 대화를 주고받았다. 문자는 문자로써의 의미전달뿐만이 아니라, 문자는 항용 오랜 시간 기록으로 남는다. 문자는 살아있다는 전제 아래서 그때그때 즉답이 아니더라도 언제든 대답이 가능하며, 또한 오랫동안 내용을 음미할 수 있는 것이다. 일상적이고 단순한 대화인 문자를 더이상 주고받을 수 없다는 절망, 소통의 부재는 나에게 추위와 함께 무엇인가 걸린 듯 목이 답답해 음식을 삼킬 수 없고, 설혹 삼키더라도 설사로 이어졌고, 통증에 시달리며 잠을 자지 못한다. 이제 나는 혼자만의 동굴에 갇히고 만다. 통증은 과거와 현재, 나아가 미래를 잇지 못한다.

  그녀의 죽음으로, 이미 언니의 죽음을 통해 불가해不可解한 삶에 맞닥뜨린 나에게 그녀의 죽음은 알 수 없는 통증으로 다가온다. 지난 30여 년의 세월 속에서 가족처럼, 가까웠던 두 사람은 간식을 싸 들고 가까운 교외로 나가곤 했다. 우연히 들렀던 통도사의 봉발탑은 미륵부처님을 기다리며 공양을 올리는 거룩함에서 더 나아가 두 사람에게 식욕을 불러 일으키는 힘이 되기도 했다. 식욕은 산 자들의 잔치인 것이다. 식욕은 시와 소설을 이야기하고 가족과 서로의 활동 상황을 이야기하는 소통의 힘이 되었다. 사는 일에 있어서 죽도록 중요한 일이 무엇이겠는가. 결국엔 하루하루가 모여 삶이 되는 것을. 두 사람이 함께한 시간은 오롯한 그 무엇이 아닌 일상의 시간이었고, 주고받은 문자는 언제까지나 이어질 수 있는 마음의 징검다리였다. 그 징검다리가 어느날 갑자기 사라졌을 때, 속수무책 죽음으로 떠나갔을 때의 상실을 나는 어쩌지 못한다. 그 상실은 통증으로 이어진다.

설명하기 모호한 상태의 나를 그들 앞에 둘 수가 없어 모임에 나가지 못했다. 모임에서 날 찾을 때마다 내 좋지 않은 몸 상태를 알리는 일은 자기관리를 제대로 못한 사람이거나 영 시원찮은 사람이 되어 세상의 가장자리로 물러나게 만들었다. 통증은 그렇게 과거를 사라지게 했다. 현재를 설명하지 못하므로 미래는 생각조차 할 수 없었다. 한 사람의 살아온 역사가 현재의 몸 그 자체였다.(「오이 꼭다리 쓴맛, 호박잎 된장국」, 127-128쪽)

나는 K를 만나 그녀와 자주 갔던 통도사의 봉발탑 아래서 갑작스런 허기를 느낀다. 그동안의 통증이, 상처가 아무는 것이다. 밥은 그녀를 이어 미래를 연결하는 끈이 되어 준다. 그때 비로소 그녀와 주고받았던 카카오톡 메시지를 다시 열어볼 용기를 얻는다. 그녀는 카카오톡 메시지에서 이 세상에 존재했음을 증명하며, 나의 통증을 어루만진다.

오후 4:30
"어제 말한 호박잎 찐 거 먹어도 될까? 아님 버려야 하나?"

"먹을 수 있음 먹고, 오이 꼭다리 쓴맛 나면…호박잎국 끓여서 국밥 한 그릇 ㅋ." 오후 4:33 (「오이 꼭다리 쓴맛, 호박잎 된장국」, 133쪽)

소통은 세상을 바꾸는 그 무엇이 아닌 잔잔한 문자 한 줄로 삶의 희망을 얻는 것이다. 설령 철 지난, 오래된 문자라 하더라도.

밥의 철학

옥경숙 소설에서 죽음이 화두가 된 것처럼 밥이 여러 차례 등장한다. 밥은 소통의 구심점이 되어 상처를 어루만지는 약이 된다. 소설 「포수와 식탁」에서는 남편과 함께 한 식탁에서 밥을 먹을 수 없는 여자가 등장한다. 그녀의 남편은 아이러니하게도 사업가이면서 도심에서 멧돼지를 잡는 포수이다. 강포수의 부인은 어느날 갑자기 남편에게서 느껴지는 피 냄새 때문에 남편과 함께 식사를 할 수 없다. 각자 따로 하는 식사 방식은 강포수의 순응으로 지난 25년 동안 이어져 왔다. 누군가와 밥을 같이 먹어주는 일을 하고 싶은 희자에게, 강포수가 자기 아내와 식사를 해 줄 것을 의뢰한다.

> 한솥밥 먹는 사람이라서 가족을 식구라고 부르지 않는가. 같은 밥상에 앉아 밥 먹을 수 없는 가족이라니.(「포수와 식탁」, 149쪽)

우리 집에서는 같이 밥 먹는 일이 마치 매일 치르는 하나의 의식과도 같았어요. 우리 여섯 형제는 아침에 일어나면 각각 할 일이 있었어요. 마당 쓸고 마루 닦고 방 청소하고 상 펴서 행주로 훔치고 밥상을 차리죠. 여덟 식구가 밥상에 주르르 앉고 마지막으로 엄마가 숭늉을 들고 들어오면 다 같이 밥을 먹었어요. 밥 먹는 자리에 보이지 않는 사람은 아파서 못 먹거나 아직 집에 돌아오지 않았을 때뿐이었어요.(「포수와 식탁」, 149-150쪽)

가족의 정의가 이렇듯 명확함에도 남편과 한 식탁에서 밥을 먹을 수 없다니. 더구나 그 관계가 부부 사이라니. 이렇듯 죽음과 밥 사이를 넘나드는 옥경숙의 소설은 마치 구도자처럼 감정에 집중하며 상처를 어루만지고 있다. 이 세상에 상처 없는 사람이 어디 있겠는가. 상처는 삶을 지배하는 가장 큰 약점일 수 있다. 약점은 곧 천적이 없는 멧돼지라도 등을 보이는 순간 죽음의 표적이 된다. 약점이 되기도 하는 상처는 자신의 가장 내밀한 또는 생명을 잇는 근간이 되기도 한다.

"사람이고 짐승이고 간에 등을 보여서는 안 됩니다. 살다보면 등을 보인 사람하고는 결국 등지게 되지 않던가요? 멧돼지는 등을 보이는 순간 죽음의 표적이 되고요."(「포수와 식탁」, 153쪽)

일방적 관계란 특히 부부관계에서 일방적 관계는 더욱 힘들다. 먼 먼 곳 산골이 아닌 도심 속에서 멧돼지를 잡는 포수, 독특한 그의 이력만큼이나 그의 부부관계도 특이하다. 무릇 총이란 공격용이자 방어용이겠지만, 공격에 더 힘이 실리는 것 아닌가. 총을 가지고 멧돼지를 잡는 그의 선택은 아내의 식사 거부에 순순히 응하는 것이다. 강포수 부부의 공격과 순응은 뫼비우스의 띠처럼 이어져 부부관계의 공존으로 나아가는 한 방법이기도 하다.

강포수의 의뢰로 그의 부인과 함께한 식사는 메뉴에도 없는 성찬盛饌으로 이어진다. 음식의 성찬盛饌, 말의 성찬盛饌. 옥경숙 소설에서 밥은 소통임을, 함께하는 순간의 아름다운 마음의 양식糧食임을 드러낸다. 21세기, 밥이 너무 풍족해서, 살과의 전쟁을 치르는 듯한 일반적인 삶 속에서 함께 먹는 밥 한 그릇은 그렇듯 영혼을 교감하는 아름다운 순간이 된다.

> "그거 알아요? 비빔밥 먹을 줄 아는 사람은 숟가락이 아니라 젓가락으로 비빈다는 사실 말이에요. 아무튼 남자가 망설임 없이 젓가락으로 비빔밥을 비비기 시작했어요. 하얀 쌀밥 위에 오색 나물이 펼쳐져 있고, 가운데에 올려진 빨간 육회와 고추장

을 마치 젓가락으로 악기를 연주하듯 비볐어요. 유난히 가늘고 긴 손가락 움직임이 그렇게 보였다는 거예요. 저는 사람의 손에도 인격이 있다고 생각하거든요. 사람의 손놀림을 보면 성격이나 직업을 알 수 있다고 말이에요. 그 남자의 젓가락을 다루는 손놀림은 마치 악기를 다루는 것 같았어요."(「포수와 식탁」, 158쪽)

서로를 부르는 시간

소설 「빨간 눈표」는 자서전 대필로 이어진다. 전기문과 자서전으로 나뉜 이 소설에 드러난 엄마의 전기는 작가의 무의식에 남아 있는 어린 시절의 풍경이 고스란히 그려진다. 빨간 눈표는 손으로 모내기를 할 때 간격을 맞춰 모를 심기 위한 못줄의 빨간색 천 조각이다. 1m 정도의 나무막대에 감긴 못줄의 이쪽저쪽을 연결해 논 가장자리에 한 뼘 정도의 간격으로 못줄에 꽂힌 빨간 눈표를 따라 모를 심는다. 벼의 생장을 돕기 위해 모의 사이사이에 공간을 두고 일정한 간격으로 심어 공기의 순환을 돕는 것이다.

「빨간 눈표」의 첫 번째 전기문은 엄마의 이야기였고, 두 번째는 친구의 아버지였다. 뒤늦게 한글을 배우려는 엄마의 이야기는 일인칭 화자인 "내 기억의 어느 지점"(50쪽)이기도 했다. 시골 아이들이 농번기에 흔히 겪는 일이기도 했지만, 이제 갓 5학년이 된 나는 엄마의 다랭이논에서 빨간 눈표에 맞춰 모를 심는다. 해가 저물고 비가 뿌리는데도 나는 엄마에게 그만하자는 말을 할 수 없다. 다랭이논의 모심기는 식구들의 생계이면서 엄마의 생을 꾹꾹 눌러 풀어 놓는 한풀이의 공간이기 때문이다.

못줄의 빨간 눈표가 무논의 좌표라면, 작가에겐 등장인물들의 삶을 드러내는 인생 좌표이자 기준점이 된다. 의뢰자의 이야기에 충실하되, 서사의 방식을 시로 소설로, 희곡으로 자유롭게 써, 그들의 마음속 응어리를 풀어 놓는 것이다.

> 나는 작은 소리로 끙끙 앓으면서도 손안에 있는 모를 다 심은 뒤에서야 허리를 펴서 논 아래의 마을을 내려다보았다. 면내 마을 불빛들이 어둠 속 등대가 되어 신호를 보내왔다. …(중략)… 엄마와 나는 마치 포크댄스를 추듯 논 가운데서 만났다가 가장자리로 물러가기를 반복했다. 무논으로 떨어져 내리는 빗소리에 섞여 엄마의 노랫말은 논 가운데서 만날 때만 또렷이 들렸다. 못줄은 흙탕물에 잠긴 채 빨간 눈표만 빗방울에 맞아 자맥질을 연거푸 해댔다. 엄마가 못줄에 맞춰 다랭이논에 자신

의 생을 꾹꾹 눌러썼다면 나는 엄마의 삶에 맞춰 일찌감치 내 자서전을 쓴 것인지도 모른다.(「빨간 눈표」, 51-52쪽)

옥경숙 작가의 정서적 근원을 이루고 있는 상주모내기 소리는 「빨간 눈표」와 「서술어 사전, 펠롱」에서 언급된다. 상주모내기 소리는 「빨간 눈표」에서 엄마의 한풀이 노래였다면 「서술어 사전, 펠롱」에서는 주인공이 새로운 사람을 만나서 부르는 환영노래이다. 같은 노래가 비가悲歌이면서 찬가讚歌이다. 내가 가장 빛날 땐 다른 사람과 함께 있을 때라는 말을 들어왔던(99쪽) 나는, 금禁하는 걸 금禁하지 말勿라는 물금에서 왔다.(92쪽) 물금에서 온 주인공이 바다 건너 제주도에서 부르는 상주모내기 소리는 등나무꽃 같은 연보라 치마에 미색 저고리의 멋스러운 (89쪽) 그녀를 향한 신호가 된다.

무슨 노래를 불렀는지 기억나지 않는다고 동거인에게 말했더니, 뻔하지, '상주모내기'로 시작했겠지, 하더군요. 그랬나요? 암튼 처음 불렀던 노래는 기억나지 않지만, 술자리 분위기는 막바지에 접어든 것 치고는 흥분이 최고조에 달했고, 무엇보다 그때 당신과 나는 서로를 그제야 알아본 사람처럼 마주 보고 웃었다고 생각해요.(「서술어 사전, 펠롱」, 85쪽)

「서술어 사전, 펠롱」에서 소설을 쓰기 위해 물금에서 제주도로 떠나온 나는 끝없이 서술어에 대해 고민한다. 소설을 퇴고하던 나에게 명사, 동사, 형용사, 부사를 지나 서술어가 이음동의어로 보이면서 소설쓰기를 방해한다. 나는 미처 생각지 못한 서술어를 찾아가며, 당신을 똑같은 서술어를 사용하지 않은 소설의 한 페이지를 찾아낸 것처럼 여긴다는 걸(96쪽) 알게 된다. 작가에게는 누구보다 적확한 단어와 서술어가 필요하다. 가장 적확한 서술어처럼, 마치 새로운 서술어의 발견처럼, 당신을 향한 새로운 세상이 열린다.

긴꼬리딱새의 울음이, 휘파람새의 울음이, 풀벌레 울음이 공명할 때, 마침내 몸이 당신을 기억해내고 만다.

> 창작 공간의 내 방 창으로 밖을 내다보면 창 바로 아래 계곡의 바위틈에 자리 잡은 아까시나무가 하루에 몇 차례 있는 바람 한 점 없는 시간에도 일렁거리고, 교각 위 왕복 6차선 도로는 차들이 신호대기 중이거나 달려요. 다리 건너는 숲이고 숲 너머로는 한라산 자락이 보여요. 한차례 지나간 소나기로 능선이 선명하게 드러난 한라산 자락은 당신이 입었던 치맛자락처럼 일렁이고, 흰구름은 길게 그림자를 만들어요.(「서술어 사전, 펠롱」, 99-100쪽)

당신 생각을 하지 않는다,는 강한 부정은 다시는 이전의 세상으로 돌아갈 수 없을 것 같은(75쪽), 그녀를 향한 간절한, 강한 긍정으로 돌아온다. 당신의 눈에서 빛나는 나는(99쪽), 마치 이음동의어처럼 당신의 색으로 물들어 활활 타오른다. 찬란한 생의 한 순간이 차원이 다른 밤안개 가득한 환상幻想이었으랴. 환상이면 또 어떠리. 이미 화양연화和樣年華인 것을.

「기억의 방식」은 소설 수업에 나가는 예비작가의 기억으로 시작된다. 베란다 창고 안 종이 상자 속에 유폐되었던 내 시간의 유물은(12쪽) 기억의 역습으로 다가온다. 단지 습작 노트라 여겼던, 먼지를 뒤집어 쓴 노트에는 30년 전에 손글씨로 쓴 소설 세 편이 들어 있다.

> "그런데, 앞의 이야기는 좀 특이하네. 문작가 얘기는 아니지?"
> 그녀의 말을 들으면서도 대수롭지 않게 생각했다.
> "저도 그게 이상해요. 내가 쓴 것 같은데, 어떻게 내가 그런 이야기를 썼는지 도통 기억이 안 나요."(「기억의 방식」, 14쪽)

길, 꽃이 피어나다

「기억의 방식」에서 자신이 썼지만, 소설 속에서 체험인지 상상인지 구분이 안 되는 이야기는, 현실에서 악몽으로 되살아난다. 이 소설에서 문작가는 30년 전에 썼던 소설의 장면이 무엇을 소재로, 왜 썼는지 이해할 수 없다. 소설 속 장면이 망각 속에 잊혀졌기 때문이다. 인간의 뇌는 기억용량이 어마어마해, 경험한 모든 것을 저장한다. 하지만 인간은 그 기억이 고통스러울수록 망각 속에 묻는다. 잊었다고 생각하는 것은 사실은 그 기억을 재생하는데 실패한 것일 뿐 영원히 삭제된 것은 아니다. 망각은 어쩌면 살고자 하는 인간의 의지일 수 있다. 창고에 두고 잊어버린 노트에서 소설을 보는 순간, 기억의 연쇄작용은 악몽을 불러오고, 그 악몽 속 주인공이 자신이라는 사실을 깨닫는다. 친구에게 있었던 일이라 생각했던 그 기억이 나의 기억이었음을.

「서술어 사전, 펠롱」에서 긴꼬리딱새의 울음과 휘파람새의 울음, 풀벌레의 울음이 공명共鳴하며 사랑을 부르는 소리음이라면, 「곱은달 이행기」에서 자주괭이밥의 분홍꽃, 파란 봄까치꽃, 서양민들레의 노란꽃, 하얀 시계풀꽃, 찻잔에서 노란 속을 드러내며 피어나는 하얀 꽃, 흰나비 떼 같은 찔레꽃, 그리고 모든 색을 품은 검은색 가화假花는 색으로 드러나는 화해의 상징이자 사랑이다. 옥경숙 작가는 소통과 화해를 위해 이 먼 길을 애써 달려온 것이다.

여자가 다시 흙벽 너머로 사라졌다가 빨간 보자기로 감싼 네모난 물건을 들고나왔다. 보자기 매듭을 풀자 작은 상자가 나타났고, 상자 뚜껑을 여니 이제 봉오리를 펼친 듯 새까만 꽃 한 송이가 소담한 모습으로 나타났다.
"꽃이, 까만 꽃이네요!"
잠숙이 휘둥그레진 눈으로 여자를 바라보았다.(「곱은달 이행기」, 192쪽)

2022년 노벨문학상을 수상한 아니 에르노Annie Ernaux는 "내가 열망하는 이상적인 글쓰기는, 내 안에서 생각하고 느꼈듯이, 내가 타인들 속에서 생각하고 느끼는 것입니다."[1] 하고 말한다. 내 안에서 생각하고 느끼는 글이, 가장 개인적인 서사를 다루는 글이 가장 사회적인 글이라는 의미이다.

---

1) 출처 : 여성신문(http://www.womennews.co.kr)

옥경숙은 『오이 꼭다리 쓴맛, 호박잎 된장국』에서 자신의 내면을 깊이 응시하고 있다. 그가 던지는 소통과 죽음에 대한 화두와 섬세한 사유는 오래도록 기억될 것이다. 다음 소설이 더욱 기대되는 이유이다. 부디 오래, 건강한 모습으로 독자들의 기대에 부응하는 좋은 소설을 써 주기를 소원한다.

텃밭에서 하루가 다르게 물이 오르는 호박잎 따다가 된장국 끓여 김이 모락모락 오르는 밥상에 올리고, 함께 먹을 여러분을 기다린다. 행갈이 향한 간절한 기도를 담아.

오이 꼭다리 쓴맛, 호박잎 된장국

1판 1쇄 · 2023년 7월 10일

지은이 · 옥경숙
펴낸이 · 서정원
펴낸곳 · 도서출판 전망
주　　소 · 부산광역시 중구 해관로 55(중앙동3가)
우편번호 · 48931
전　　화 · 051-466-2006
팩　　스 · 051-441-4445
출판 등록 제1992-000005호
ⓒ 옥경숙 KOREA
값 15,000원

ISBN 978-89-7973-605-2
w441@chol.com

*저자와의 협의에 의해 인지를 생략합니다.
*이 책 내용의 전부 또는 일부를 재사용하시려면 저작권자와 도서출판 전망 양측의 동의를 받아야 합니다.

*이 책은 경남문화예술진흥원의 문화예술지원을 보조받아 발간되었습니다.